THE WOMAN OF CANSWAN FARM

天鹅农场的女人

朱晓鸣 / 著

中国华侨出版社

图书在版编目（CIP）数据

天鹅农场的女人 / 朱晓鸣著 . -- 北京：中国华侨
出版社，2015.7
   ISBN 978-7-5113-5562-1

   Ⅰ . ①天… Ⅱ . ①朱… Ⅲ . ①纪实文学－中国－当代
Ⅳ . ① I25

   中国版本图书馆 CIP 数据核字 (2015) 第 160674 号

天鹅农场的女人

著　　者 /	朱晓鸣
出 版 人 /	方　鸣
责任编辑 /	王　嘉
装帧设计 /	贾惠茹
经　　销 /	新华书店
开　　本 /	710 mm×1000 mm 1/16　印张 / 22.5　　字数 / 238 千字
印　　刷 /	北京朝阳印刷厂有限责任公司
版　　次 /	2015 年 8 月第 1 版　2015 年 8 月第 1 次印刷
书　　号 /	ISBN 978-7-5113-5562-1
定　　价 /	56.00 元

中国华侨出版社　北京市朝阳区静安里 26 号通成达大厦 3 层　　邮编：100028
法律顾问：陈鹰律师事务所
发行部：（010）82069015　　传真：（010）82069000
网　址：www.oveaschin.com
E-mail：oveaschin@sina.com

如发现图书质量有问题，可联系调换。

泥土，倾其所有精华，把本无活力的种子从娘胎里孕育出勃勃生机。青草野花还有泥土芳香的陪伴，一直伴随我在黄河滩成长到 20 岁才走入城市，从此，浑身上下充满了对泥土的热爱之情。

目 录
Contents

目录

Contents

第二章 加拿大的乡村

目录
Contents

第三章 加拿大农场主

目录
Contents

引子　土妞与天鹅

泥土，我的根

土妞于五十年代中后期，出身于一个知识分子家庭。父亲大学毕业被分配到河南省黄河农场做畜牧技术员兼兽医，我就降生在黄河岸边。儿时，常和小伙伴在黄河滩玩耍，风吹雨淋，晒得黑里透亮，大人们都叫俺"黑土妞"。青草、野花还有泥土的芳香，一直伴随我在黄河岸边成长到 20 岁才走入城市。从此，浑身上下充满了对泥土的热爱之情。写文章便以"土妞"做笔名。一曰真的土，一曰是女人。

泥土，倾其所有精华，把本无活力的种子从娘胎里孕育出勃勃生机。

春日，在家的阳台上，想把几株从父亲家分出的植物栽在空花盆里，可惜身边没有泥土。便一手拎上空桶，一手执着铁铲，下楼寻找泥土来栽种生命。

下楼围着住宅小区转了一圈，才知道没有可以取土之处。尽管我住的小区绿树成荫，小溪潺潺，鲜花怒放，可谓"花园式"住宅区可真的无处取土！走出小区院子，放眼望去，能看到的除了高楼还是高楼，昔日一望无际的田野毫无设防地被沦为了参天建筑，大大小小的河塘被填平，各个小区早已成为房地产开发商争相角逐的黄金地带。一路走来，道路边、深楼宅院，不是青一色大理石、水磨石就是水泥铺成的地面。哪里有我想要的泥土？

继续前行，找我的泥土！栽种生命的愿望驱使我开车去更远，去我故土。沿着宽阔的大道向东驶去，道路两边高楼林立，办公楼、高档住宅待开发楼盘。田野没有了，青草没有了，麦浪没有了，树林没有了，萦绕我梦中的故乡田园几乎都变成了钢筋水泥。车已驶出三十里开外，也没看到可亲近的田园，昔日与郑州远隔35公里外的黄河农场，如今已被扩展着的各个小区所包揽。

童年乐土就这样消失殆尽，消失的不仅是河塘绿岸，还有麦田、草地、果园等我血脉中根深蒂固的情根。小时候，我常常一个人躺在黄河滩草地上，真真切切嗅着泥土馥郁的芬芳，听到它均匀呼吸，感觉它温暖体温。这是一种特别奇妙的泥土感受，几十年过去，依然牢牢地存留在我的心底。

没有了这些沃土原野，我与故乡所发生的一切情丝已无处生根。

完全没有预料会有这么一天，而现实让我措手不及。

只能眼含热泪默默地问：我的泥土去了哪里？

天鹅，我的缘

天鹅羽色洁白，体态优美，叫声动人，行为忠诚，不论东方文化和西方文化，都不约而同地把白色天鹅作为纯洁、忠诚、高贵的象征。

土妞，无意中与天鹅结缘。天鹅是美丽纯洁的女性化身，也是我作为一个女人寓意偶像。当第一次拥有属于自己的公司，就把公司名号起为：白天鹅。依次为：华天鹅，加拿大天鹅。老父亲从事畜牧业科研、教学，倾其一生，晚年还执著地培育"黄河白鹅"，期望能为黄河两岸父老乡亲做点好事。我相随其后，也尽一些微薄之力，后来由于人生漂泊而游走异国他乡。前几年，想在中国南方城市购置房产，为自己，为家人，在寒冷冬季有一个温暖的安身之处。我跟随"万科"免费看房车队，走遍深圳、东莞、珠海、中山等华南诸城。最后一站是惠州，车走进惠州城，当路过惠州西湖时我眼睛一下子发亮了，幽深曲折，淡雅秀邃的西湖，让我有了一种想贴近的感受。万科楼盘也颇遂心意，两小时后成交，成了惠州市新居民。接着又添置办公楼，大有安家创业之势，等安顿下来后方知晓惠州又称"鹅城"。传说古代有一位仙人骑着木鹅从远方飞来，看到惠州山清水秀，西湖风光旖旎，幽静淡雅，便降落湖中不愿离去。木鹅化成一座山岭卧于湖畔，远远望去如飞鹅展翅。

2011年，来到加拿大萨斯喀彻温省购置农地，以圆自己一生所追求的"农场梦"。也是在短短两小时完成了几千英亩农地的购买，回到萨斯喀彻温省会里贾纳（Regina）办理完购买农场法律交接手续，兴致勃勃地在大街上闲逛时，突然看到街头有一座天鹅群雕像，问过当地人才知道这里就是"天鹅之都"。我在萨省北部购买农地的小镇叫天鹅平原（Swan Plain），周围是天鹅河，天鹅湖，原来我来到了天鹅的故乡。
大概是天意吧！干脆把自己农场也注册为"天鹅"，以了却我的天鹅之缘。

加拿大天鹅农场

万里之遥的黄河边土妞，一不小心，来到加拿大萨斯喀彻温做了"天鹅农场"的主人。没有计划，没有预谋，有的只是对泥土的执着，得到就是人生的缘份。

闲暇之余，在农庄里开始书写做"洋农民"感受，发在网名"黄河水"的网易博客里（http://xiaoming57725.blog.163.com）。后应中国华侨出版社邀约，编辑成册《我在加拿大做农场主》，这本书出版后得到网友与读者的热情回应。中国正在掀起"家庭农场热"，许多向往田园生活，愿意投身农业行业的人们留言，希望我更深入地记述加拿大农业的方方面面，细致描写加拿大农场的真实生活，毕竟是亲身经历和感受。作为第一批"吃螃蟹"的土妞，也有责任向后来者展示在北美做农场主的真情实感，不管是经验和教训，快乐与苦闷。

尤其我是女人，一个没有地主的"地主婆"。当真正开始在农庄生活，打理农场日常事务时，才知道在加拿大草原省做一个女农场主实在不容易。有喜悦、有宁静、有烦恼、有寂寞，更多地是精神满足和体力的无奈。我把这些如实地呈现给各位期望了解加拿大农业、农场、农民的人们。

作为一个华人农场主，把加拿大丰富农产品资源与中国广阔市场对接，应该是明智的选择。土妞还在学习中，不断提高做农场主的能力和实力。加拿大天鹅农场是我的起点，中国泥土是我最终回归之地。把自己化为泥土，还天地一抹绿意。
我是来自中国黄河滩的土妞，也是翱翔在加拿大蓝天的天鹅。

第一章
萨斯喀彻温与中国 ▶▶

萨斯喀彻温与中国

给萨斯喀彻温省前农业部长的信

Mark 先生您好！

您好！我是《我做加拿大农场主》一书作者。

非常感谢您为我的书写序！您长期的生活和工作经历，使您对加拿大特别是萨斯喀彻温省的农业现状和发展，有着深刻地了解，也倾注了深厚的情感。

很高兴因为《我做加拿大农场主》一书的出版与您结缘，您的序言为这本书添彩。目前中国华侨出版社正在编辑出版《我做加拿大农场主》一书，准备在中国的图书市场正式发行，以使更多的中国人能够通过阅读这本书，对加拿大特别是萨斯喀彻温省的农业和乡村有一个较为全面地了解。毕竟以往中国民众对加拿大农业领域知之甚少。

我是中国人，现在居住在加拿大，中国是我的祖国，加拿大是我第二个故乡。我热爱自己的祖国，是黄河水和黄土地养育了我，无论走到哪里，中国永远是我生命里的"根"。我也喜欢加拿大，喜欢这里淳朴善良的人民，美丽辽阔的土地，尤其是生态环境良好的萨斯喀彻温省乡村，这里是我圆梦的地方。我期望两个故乡（中国 —— 加拿大）能够世世代代友好下去。

中华民族是个懂得感恩的古老民族。中国人民牢记着在抗日战争期间帮助过我们的加拿大白求恩医生，他不幸以身殉职，逝世于中国的河北省。白求恩医生在中国人民心目中，是人类美好与善良的化身，也是加拿大人民的友好使者。我从小就知道这个响亮的名字，也由此知道了加拿大国家。还有您序言里所说"1961 年，当世界上大多数国家拒绝与中国进行贸易的时候，加拿大却船运大量小麦到中国，那些小麦中的大部分就是产自萨斯喀彻温省"。中国人，不会忘记曾经帮助过我们的人们！

我有幸来到加拿大，也很高兴自己能够成为一个加拿大的农场主。中国—加拿大两国在农业方面有着明显的优势互补，我愿意为两个"家乡"的友谊架起沟通桥梁。我们已经在萨斯喀彻温省申请注册了："加拿大中国农业交流协会"（CANADA-CHINA AGRICULTURE, ASSOCIATION INC），希望通过协会组织，为中加两国政府与民间，在农业科技合作、农业人才交流、农业产品贸易等方面搭建起交流平台。支持两国的科研机构、企业界人士，在种植业、养殖业、农产品加工、食品安全、基因工程等农业技术领域加强合作与交流，寻求行之有效的合作方式谋求共同发展，以推动两国农业生产与科研走向新阶段。

"加拿大中国农业交流协会"理事会一致同意，聘请您出任该协会的荣誉会长，望我们一起努力，为加中两国农业的共同发展作出贡献。期待您的回复！

谢谢！

Xiaoming Zhu

2012.10.1

Dear Mr. Wartman,

This is XiaoMing Zhu from China，the author of the 《Being a Farmer in Canada》.

Thank you for kindly writing a foreword for my book. From living and working in Canada for your entire life, you have gained profound understanding and insight into the current situation and development of agriculture sector in Canada, especially in Saskatchewan, which you have shown great passion. I am pleased to get to know you through the publication of my book 《Being a Farmer in Canada》. I thank you again for taking the time to write the foreword, which certainly adds importance to my book.

At present, the book is under editing by Overseas Chinese Press，and will be released officially in China market soon. We hope that more Chinese people will develop a comprehensive understanding to the situation of Canadian agriculture and rural life, particularly in Saskatchewan.

I am a Chinese living in Canada. China is my mother country, and Canada is my second home country. I love my mother country, for it was the Yellow River and the Yellow Earth that nurtured and raised me. Wherever I go, China will always be the root of my life. I also love Canada for the kindness of Canadians, and its vast and beautiful landscapes, especially the quality ecological environment of Saskatchewan countryside. This is the country where my dream came true. I hope that the friendship between the two nations will last forever.

China is an ancient nation of gratitude. Chinese people forever remember a Canadian doctor, Norman Bethune who helped Chinese people during the War of Resistance Against Japanese Aggression. Sadly he passed away during the war due to blood infection in Hebei Province. In the eyes of Chinese people, Doctor Bethune is a human embodiment of good and kind, and a friendly ambassador from Canada. I learned about Dr. Bethune as a child, and through him I knew a country named Canada.

As you mentioned in your foreword: "when most countries in the world refused to trade with China in 1961, Canada shipped a large quantity of wheat to China. A majority of wheat came from the province of Saskatchewan. Chinese people did not and will never forget those who helped us during difficult times.

I was fortunate to have come to Canada, and even more fortunate to become part of Canadian farming community. China and Canada clearly complements each other in agricultural sector. I would be hornored to act as a bridge between these two "home countries" that I love equally.

We have registered the CANADA-CHINA AGRICULTURE ASSOCIATION Inc. in Saskatchewan. We hope to build a platform for the communication between the governments and civil associations, and for the cooperation in agricultural science and technologies, and for the exchange in agricultural personnel and products. We would also like to support the cooperation and exchange between research institutions and business in the fields of farming, aquaculture, agri-food processing, food safety, genetic engineering, agricultural technology. In so doing, we hope to find more efficient and effective ways to bring the agricultural production and scientific research of the two countries to a new stage.

On behalf of the council of the CANADA-CHINA AGRICULTURE ASSOCIATION Inc., I would like to invite you to be the Honorary President of the Association. We hope to work closely with you to advance the development of agriculture sectors in both Canada and China.

I am looking forward to your reply.

Sincerely.

XiaoMing Zhu

President

CANADA-CHINA AGRICULTURE ASSOCIATION Inc.

省长布莱德 沃尔

萨斯喀彻温省与中国
——萨省访华贸易代表团纪实

2012 年 9 月 5 日至 15 日，由加拿大萨斯喀彻温省省长布莱德·沃尔带队的萨省访华贸易代表团，访问了中国的烟台、北京和上海。通过这次出访，加强加拿大和中国省与省之间的贸易及投资机会，并促进萨省矿产和农业资源与中国企业的项目合作，加深中加之间的贸易往来。

这次活动由萨斯喀彻温省贸易与出口促进联合会（STEP）组织，由近三十名萨省行业协会和有关企业代表参团随行。我作为萨省农场主代表，有幸参加了贸易代表团在北京、上海两地的经贸交流活动。

北京会议地点，位于北京市建国门外 21 号"国际俱乐部"。上午是访华贸易代表团成员"内部学习"，于 10 号上午 9 点开始。

萨斯喀彻温省贸易与出口促进联合会（STEP）总裁兼首席执行官莱诺·拉贝尔（Lionel Labelle）首先介绍了萨省经济情况。STEP 是加拿大萨斯喀彻温省促进国际贸易交流机构，为企业量身定做出口方案，带领萨斯喀彻温省出口行业发展。

我们非常关注萨省的农业经济指标：萨斯喀彻温省是世界上优质农产品主要出口地区，根据 2009 年统计，萨省农业出口量为 81 亿加元，占全省总出口额的 37%。各类农产品出口额：谷物 34 亿加元，豆类 19 亿加元，油料作物 17 亿加元，脂肪与油 5 亿加元，活畜 2 亿加元，其它农产品 4 亿加元。还有：

萨省小扁豆出口量占世界总出口量 67%；

豌豆出口量占世界总出口量 50%；

亚麻籽出口量占世界总出口量 48%；

杜伦麦（优质硬麦）出口量占世界量30%；

双低油菜籽出口量占世界总出口量6%。

接着加拿大使馆高级贸易专员讲述中国市场简报。最后是加中贸易理事会（CCBC）提供有关经济资讯。

CCBC是成立于1978年的民间非营利性商业协会，作为加中双边贸易和投资的推动者、促进者和倡导者，加中贸易理事会会员既包括加中两国的商业巨头，也有众多的中小企业、企业家和非营利性组织。CCBC致力于帮助会员洞悉加中贸易和投资问题、建立商务联系，除提供具有针对性和实用性服务外，理事会还是加拿大工商界就加中贸易和投资问题发表建议的重要渠道。

有趣的是，CCBC托尼（Tony Gostling）的讲述题目：进入中国市场的方略。从中国人接人待物习惯、生活方式，讲到如何与中国人打交道，代表团成员大部分都是地道的加拿大人，他们端端正正坐在会议室听课，我们随行的几位华人成员相视一笑。其中一位悄悄告诉我：加拿大人纯粹的西式思维模式与中国人相距甚远，相比而言，不如美国人脑袋转弯来得快。我一听乐了，是呀，可不是几堂课能讲明白的。不过，我更喜欢加拿大人的单纯和执著，和他们打交道简单、直接和轻松，当初选择来加拿大定居也是据此而择。

上午10：30～11：30，开始小组讨论：挑战和机遇（Sask在中国业务成功案例）。

中午时分，会议邀请来自中国各地的企业代表陆续来到会场。

12：00～下午1：30的午宴（自助餐）由莱诺·拉贝尔主持，萨斯喀彻温省省长布莱德·沃尔（Brad Wall）致欢迎辞。他说：前不久中加两国领导人签订了中加双边投资保护协定，协议对于促进双边贸易投资，尤其是萨省铀矿对华出口与引进投资具有积极意义，萨省非常看好中加核能合作前景。中加在铀矿合作方面高度互补，加拿大萨斯喀彻温省将积极推进与中国的贸易投资，特别是核能合作方面铀矿出口投资。省长的中文口语翻译非常出色，一口标准中央电视台播音员发音，言词清晰，表达生动。待我扭头看去大吃一惊，原来是一位地地道道加拿大帅哥，真让我这个土生土长的中国人汗颜。

午餐时间的电视屏幕，播放着介绍萨斯喀彻温省的记录短片。萨省拥有美丽的自然风光，两千万公顷（4800万英亩）可耕土地占全加可耕土地面积的42%，丰富的矿产资源，除丰富的铀矿资源外，加拿大萨省还是世界最大的钾肥生产区，钾肥储量占全球一半，并蕴藏丰富的石油、天然气，和黄金、钻石、稀土类元素等矿产资源。同时拥有稳定和竞争性的商业环境，真是一块上帝特别眷顾的风水宝地。

随后，各位随团成员向全体参会人员进行自我介绍，我代表萨省华人农业企业也做了简明扼要的介绍。毕竟中国人之间没有语言交流障碍，又恰逢国人开始关注农业，介绍刚一结束，与我交换信息的国内企业客户马上围拢过来。

下午1：45，在B2B会议厅开始的中加企业洽谈会，我的桌前仍旧比较热闹。使留给每位参会客户15分钟交流时间不得不超时，那位把握会议时间的加拿大小伙子几次跑过来提醒：后面还有客户在等待！

萨斯喀彻温省亚麻发展委员会执行董事琳达·布劳恩（Linda Braun），是一位让人见面就会喜欢的加拿大女性，她的会谈桌台和我相邻。她听到翻译介绍我是在萨省拥有不少农地的华人农场主时，就马上跑过来动员我加入亚麻协会，我爽快地答应她：如果考虑种植亚麻，一定寻求亚麻协会的支持。我们的羊业公司就是在萨省羊业协会帮助下很快起步，加拿大行业协会的确是生产者的靠山。

傍晚6：30，萨省省长布莱德·沃尔的欢迎晚宴开始，访华贸

上：会前培训
下：参会客商

上：签约仪式
下：交流

易代表团成员、加拿大使馆人员与被邀请的各界中国客人欢聚一堂。

晚上 7 点整，省长布莱德·沃尔上台发表演讲：前不久，中加双边投资保护协定是促进双方经贸积极发展的又一利好举措，为中加两国经贸合作提供有利时机。布莱德·沃尔表示，中国正在快速扩建核能发展规模，计划到 2020 年核能装机容量达 60 吉瓦。然而据估计，中国现有的核电厂只能生产所需铀矿的 40%。萨省铀矿储量丰富，开发水平较高，中加合作前景广阔。布莱德·沃尔强调加拿大萨省具有良好的投资环境。萨省大力扶持矿产业发展，营业税较低，给予企业优厚的税收优惠。萨省对新资本投资免征企业资本税，其营业税在加拿大征收营业税的九个省份中最低，矿物勘探可享受燃油退税。未来 20 年，萨省将投资 500 亿加元用于矿产业基本建设工程。

加拿大萨省行政院政府事务厅副厅长魏杰林也向记者表示，协定不仅为双方进入对方能源市场打开门户，更为彼此持续投资提供了稳定的政策保护。据悉，加拿大萨斯喀彻温省是世界第二大铀生产地，拥有全球最大铀矿，铀产量占全球总产量的 18% ～ 25%，是一个稳定、长期的铀资源产地。2011 年，萨省铀产量超过 9100 吨，销售收入约为 11 亿加元。2003 年至 2011 年，萨省已投资 9.55 亿加元，共开发 150 个铀矿项目。

宴会期间，省长布莱德·沃尔到各个餐桌向前来参会客人表示欢迎，握手问候，交谈甚欢，还有不少"粉丝"和省长合影留念。

中国政府大力支持中国农业企业走出去，加拿大萨省具备很好的投资环境和条件。中国人口众多，土地资源日益紧缺，并且有庞大的消费市场，加拿大特别是萨斯喀彻温省有着丰富的农业和矿产资源，两国之间经贸合作具有很好的互补性。希望在萨省的华人企业家、农场主，能够在中加农业项目开发合作中做出更大努力，中国政府和金融界也会为双方合作提供有力的支持和帮助。

萨斯喀彻温省农场主会聚上海滩

北京贸易洽谈会结束后，按照行程安排，萨斯喀彻温省贸易代表团成员于 2012 年 9 月 13 号到上海参会，对接相关企业和项目。上海贸易洽谈会会议地点，定在位于繁华的南京西路上锦沧文华大酒店，由加拿大上海商会组织这次对接活动。

按预定时间，我上午 9 点钟来到酒店接待处，方知道会议时间推迟半小时。几位提前到达的参会成员，正好有机会相互问候，沟通信息。我们这些参会成员都是第一次相遇，在北京开会期间从早上到晚宴结束，一整天紧张忙碌的会议程序没有时间交流。待会议结束后才知道，有几位团员正是我在萨省要寻找的企业和项目。上海之行，也为参团企业之间提供深入了解的机会。

在会场外面相互交流了彼此企业信息后，才发现我看中的几位萨省相关企业代表迟迟没露面。问过带队的 STEP 工作人员才知道，他们在北京会议之后，根据本企业对接情况，已经奔赴到中国各地，与有意对接企业进一步沟通和实际考察。到上海参会的企业只有北京会议一半，不过无妨，待回到萨省还可以登门拜访。

上午 9:30 会议开始，由萨斯喀彻温省贸易与出口促进联合会（STEP）的执行董事布拉德·米奇尼克（Brad Michnik）主持会议。他在上海会议上，又进一步向参团成员代表讲述萨省的经济发展状况。

萨斯喀彻温省农业优势

拥有大约两万公顷（4800 万英亩）的可耕地，拥有供畜牧产业发展的广阔空间，安全、优质、可靠是赢得信誉的基础。在满足经济快速发展同时，对优质农产品供求在全球范围内发挥带头作用，拥有稳定和竞争性的商业环境。

萨省食品、与饮料加工产业拥有近300家加工厂、7000多名职工和24亿加元的年产值，占整个制造加工业总产值地的20%以上。

2008年萨省出口创造收入约占全省生产总值的46%。美国是萨省最大的贸易伙伴，萨省对美国的出口额在总出口额中所占比重超过60%。萨省最大的贸易伙伴是美国、中国、印度、英国和日本，对这几个国家的出口额占总出口额的76%。

中国是萨省仅次于美国最大贸易伙伴，油料作物（不包括大豆）、木质纸浆、氯化钾、豌豆和亚麻籽是萨省2009年中对中国出口的五大产品，其出口额占萨省对中国出口总额的93%。在2009年中，双低油菜籽对中国的出口额同比上升了80%，达到5.53亿加元。豌豆的出口额同比上升了51%，达到1.05亿加元；亚麻籽的出口额同比上升了341%，达到6.94万加元。从2004年至2008年，萨省对中国出口额的年平均增长率为16.8%，在2009年，萨省对中国出口额占加拿大对中国出口总额的10.4%。中国是萨省农产品和钾肥的主要出口市场之一。

随后，加拿大驻上海领事馆贸易专员，就中国市场特别是上海地区经济发展做了详细介绍。加拿大上海商会代表，也在会议上介绍近年来他们在本地商界的活动和成果。最后是香港汇丰银行代表，结合"机遇和挑战"题目，做了专题发言。与会代表尽管比北京会议少，但会议内容一点没有减少，大家都非常认真地听讲。

午餐仍是西餐自助餐，期间依旧安排各个参会企业介绍情况。

紧接着开始下午的企业对接和洽谈。由于与会代表和参会企业规模比北京会议少，使得下午面对面交流时间宽松。4点钟过后，

上：上海洽谈会
下：农场邻居

会谈厅里只剩下不多的参会企业，代表团成员之间便开始互访。我右边桌台是"国际人力资源美康公司"的特别项目总监唐·瑞扎克（Don Hrytzak）先生，左边是"R.W有机物有限公司"的老板罗恩·韦尔斯（Ron Wells）先生和韦德·希克（Wade Hicke）先生。一聊才知道，韦尔斯的有机农场距离我的天鹅农场只有二十公里，在萨省辽阔土地上我们真是近邻。我拿出2011年"中秋节"在天鹅农庄举办篝火晚会照片，他很快辨认出其中几位我邀请的当地农场主邻居，也都是他认识的朋友。

"哈哈！我们是邻居。"彼此情感一下子拉近了许多。我们几个兴高采烈地交谈着，希克说：这个世界真是太小。他要做我的英文老师，同时也向我学习中文。"这个主意不错。"我高兴地答应着。我们约定，回到萨省一定在他的有机农场相聚。

右边桌台的瑞扎克先生也赶来凑热闹。他们公司专门做移民和外来劳工项目，萨省农业企业劳动力紧缺，目前已成为制约农业发展的重要因素，我详细向他咨询政府有关政策和有效的解决途径。瑞扎克认真地给我解说，看来从中国内地过来农业劳动力还真是个难题，而东南亚的农业劳工较容易拿到工作签证。萨省投资农业项目的企业家移民，也不像国内移民公司说的那么容易，有许多规定和细则。"有事尽管去找我！"瑞扎克热情地和我握手告别。

回到宾馆打开电脑，一则消息映入眼帘：为凸显加拿大与亚洲双向贸易对加拿大经济繁荣的重要意义，加拿大省长代表团于2012年9月13日至9月20日访华。代表团希望通过此行建立并加深加拿大各省/领地政府、企业、教育机构与中方合作伙伴之间富有成效的合作关系，也是获得加拿大各省和中方具有重要意义的主要行业贸易与投资机会。

此次访华重点是进一步发展与加拿大发展最快的贸易伙伴—中国

之间的合作关系。省长访华代表团由加拿大英属哥伦比亚省长、新斯科舍省长、爱德华王子岛省长、纽宾士域省长、西北地区省长、曼尼托巴省长、育空省长组成。据知，此次10位省长联合访华是在去年通过加拿大省级同盟理事会上，10位省长共同做出这一决定，并希望通过这次出访加深中加之间的贸易以及全球贸易。

新斯科舍省、新不伦瑞克省和爱德华王子岛等3个大西洋省份政府，今年5月份携手合作，在中国一电视台节目推介加拿大龙虾产品，估计有超过3000万个中国家庭收看。看来，我们在加拿大常吃的美味价廉优质大龙虾，很快就要上到中国老百姓的餐桌喽！

抽油机

萨斯喀彻温省产业介绍（一）

一、农业

　　萨斯喀彻温省是世界上农产品的主要出口地区之一。不但这里盛产世界上最好的小麦，萨省出产许多其它的农作物也越来越受到人们的青睐。

（一）　信心

1、在满足当前需求的同时也考虑到未来的需求。
2、拥有千百万公顷肥沃的农田，数以千计的淡水湖与河流，充足的阳光和未遭破坏的加拿大独有优质环境。这些都是满足世界当前与未来的资本。
3、依靠技术、科研与开发，奋发向上与勇于创新的生产者和萨省著名的创业精神，使萨省农业资源发挥出最大效能。
4、萨省在供应方面的可靠性有口皆碑。无论客户在哪里，也无论客户何时要求交货，都会按照客户的意愿完成。

（二）　成绩

1、萨省小扁豆出口量占世界总出口量的67%；
2、萨省豌豆出口量占世界总出口量的50%；
3、萨省亚麻籽的出口量占世界总出口量的48%；
4、萨省杜伦麦的出口量占世界总出口量的30%；
5、萨省双低油菜籽的出口量占世界总出口量的16%。

（三） 萨斯喀彻温省的农业出口额

萨省在 2009 年中的农业出口额为 81 亿加元，占全省出口总额的 37%。各类农产品的出口额：

1、谷物 34 亿加元

2、豆类 19 亿加元

3、油料作物 17 亿加元

4、脂肪与油 5 亿加元

5、活畜 2 亿加元

6、其它农产品 4 亿加元

（四） 萨省农产品在世界各地的市场

2009 年中，从萨省购买农产品的价值超过 1 亿加元的国家有 19 个。进口额排在前 10 名的国家如下列：

1	美国	19 亿加元
2	中国	8.25 亿加元
3	日本	6.1 亿加元
4	印度	5.35 亿加元
5	墨西哥	3.65 亿加元
6	孟加拉	3.57 亿加元
7	意大利	2.93 亿加元
8	摩洛哥	2.16 亿加元
9	阿拉伯联合酋长国	2.14 亿加元
10	比利时	1.92 亿加元

（五）　萨斯喀彻温省的农业优势

1、拥有大约两千万公顷（4800 万英亩）的可耕地，占加拿大全国可耕地面积 40% 以上；

2、拥有供畜牧产业业发展的广阔空间；

3、安全、优质、可靠是赢得信誉的基础；

4、在满足经济快速发展国家对农产品的需求方面，在全球范围内发挥着带头作用；

5、拥有一个稳定和竞争性的商业环境；

6、决心不断地发展经济部门中这一举足轻重的产业。

二、制造业

（一）　竞争优势

1、31000 多名职工，2009 年的产值为 110 亿加元；

2、三个制造商产业协会致力于推进精兵简政，以提高生产效率和竞争力；

3、乐于率先接受先进的制造技术与设备；

4、精确旱地耕作技术方面举世公认的"领头羊"；

5、矿产业使用由萨省自己开发的高精尖技术设备，如：钾矿中使用的连续采矿设备，麦克阿瑟河铀矿中使用的遥控采矿设备。

6、生产范围广泛的加工产品，其中大部分出口到国内外市场；

7、一天的车程可覆盖加拿大与美国中西部的 250000 个农业实体；

8、受到国外市场认可的产品包括：

　　• 面粉制品和烘焙混合粉

- 牛肉、猪肉和鸡肉制品
- 果酱、果冻和其它可保藏的果品
- 纸张、家具、橱柜、建筑细木制品和地板
- 救护车、半拖挂、休旅车等特种车辆和汽车配件
- 农机设备、采矿与工业设备
- 卫星与地面通讯技术设备、有线电视和无线通讯产品
- 向电信、卫星、军需和航空市场提供承包加工产品

（二） 创新与机遇

1、食品、农作物和饮料加工：萨省的食品与饮料加工产业拥有 300 家加工厂，7000 多名职工和 24 亿加元。该产业的产值占整个制造加工总产值的 20% 以上；

2、机械、运输与工业设备：近 300 家公司在工业加工能力上各有所长，大家齐心协力生产具有世界一流水平的产品。省内拥有一家世界一流的轧钢厂，可向地方工业提供优质产品；

3、化工产品制造：为本省和世界各地的市场生产的化工制品有化肥和农药，还有在自然资源萃取与加工过程中使用的化学制品；

4、木制品：主要木制品包括：标准规格木材、纸浆、胶合板、定向刨花板和防腐木桩。副产品包括：高级纸张、家具、橱柜、木制品和地板。

5、新兴产业：萨斯喀彻温省的一些航空与航天公司和国防技术公司，靠着世界一流的实力成为国际太空总署的供应商，以及航空与航天公司和国防技术方面的承包商。从小型卡车的后箱盖与前钢格子窗到专用军车，萨省的制造厂商开始向专

用车辆和汽车配件制造加工的领域发展。

6、 政府鼓励发展的政策：提供促进新技术开发与商品化的项目；
对教育和培训进行投资并向合乎条件的公司提供培训补贴，
以确保企业能雇到训练有素的员工。

（三） 税收结构

1、萨省对制造加工业的利润税施行课税抵免，从而可使企业所
得税的税率降至 10%；

2、对企业征收的企业资本税已被取消；

3、对制造加工设备购买施行的 5% 投资课税抵免，目前已成为
可退还的免税额；

4、在计算联邦免税额时，可将与研发活动直接有关的费 100%
地从净收入中扣除；

5、科研与开发费用可享受 15% 的省所得税抵免。

萨斯喀彻温省产业介绍（二）

三、矿产业

（一）竞争优势

- 萨省是世界上最大的钾矿生产区。萨省的钾矿产量占世界总产量的 30%，并拥有全球一半的钾矿资源；
- 萨省是世界上最大的铀矿生产区之一，2009 年的铀矿产量占世界总产量的 20%；
- 萨省开采和可以开采的其它矿产包括：金、基底金属、粘土、煤、钻石、铂族金属、稀土元素、硅砂和硫酸钠；

销售额： 2009 年的矿物总销售额为 50 亿加元，与 2008 年创下的 97 万加元记录相比颇有下降。

勘探费用： 2008 年的矿物勘探经费支出创下了历史记录，达到 4.74 亿加元；2004 年至 2008 年共进行了 250 多个勘探项目，总经费支出为 12.5 亿加元。2009 年的矿物勘探经费支出为 2.926 亿加元。

生产率： 萨省各类矿的生产率排在加拿大最高之列。

技术： 萨省采矿业使用由萨省依靠自己尖端技术开发并制造的设备，其中包括：钾矿用连续开采机械、铀矿用遥控地下采矿机械和最先进的尾矿处理设备。

劳动力： 萨省拥有一支训练有素、忠实可靠和高效的劳动力队伍。24 岁以下工人在劳动人口中占的比例是加拿大各省中最高。

（二）机遇和行动

1、 采矿与勘探：

- 钾矿：产能迅速扩大、勘探活动创下纪录；
- 铀矿：勘探活动创下纪录发现新矿、初级勘探项目和新矿开发；
- 钻石矿：世界上最大含钻石性金伯利岩矿区之一的发现，广泛地带动了勘探与评估活动的开展；
- 金矿：开发与新发现方面的项目；
- 稀土：远景规划；
- 其它有潜力矿物：铜、锌、铅、铂族金属、镍和银；
- 工业矿物：钙与镁盐水、石膏、石墨、硅砂和粘土、泥煤、建筑石料、石灰石、盐，具有商业开发潜力；
- 煤：加拿大第三大产煤省，储量超过 300 亿吨；
- 天然硫酸盐、泥煤、硅砂和偏高岭土：商业开发。

2、 铀矿：

萨省从 1953 年开始一直从事铀矿开采，是世界上最大的铀矿生产区之一，并被公认为是长期、稳定的铀矿供应地，萨省拥有世界上规模最大的铀矿。世界上等级最高的铀矿床就位于萨省北部的阿沙贝斯卡盆地（Athabasca Basin），在这一带发现新矿的可能性很大。萨省 2009 年的铀矿产量占全球总产量地 20%。

3、 钻石矿：

萨省拥有世界上最大的金伯利岩矿区之一。该矿位于拉夸尼堡（Fort a la Come），有些金伯利岩矿带的表面积超过 200 公顷。两项初级开发项目正处于预可行性研究阶段。省内的若干地区被认为是未来钻石勘探的热点。

4、金矿：

萨省从 1900 年初期开始，从加拿大地盾带的岩金和含金基底金属矿床中采金。北萨斯喀彻温河沿岸也有少量的沙金开采作业。大片采金潜力高的地区尚待开发。黄金可勘探方面费用大多花在最有希望的拉郎杰绿岩带（La Ronge Greenstone Belt）和阿沙贝斯卡湖（Lake Athabasca）北部地区。克劳德资源公司的西比矿（Claude Resources Seabee Mine）是 2009 年中萨省唯一从事采金作业的金矿。该矿开采出的黄金已超过 880000 盎司。二个采金项目正处于开发阶段。

5、 钾矿：

萨省拥有世界上最大的钾矿产业。一般说来，世界贸易中的钾肥有 40% 左右来自萨省。萨省的钾矿资源量十分庞大，占世界已探明储量的 53%。拥有规模宏大的优质矿床和世界上最低生产成本是萨省钾矿业的特点。据保守估计，萨省按当前供应量，可在未来几百年内向世界市场提供钾肥。

坎普泰克公司（Canpotex）负责萨省钾肥的出口业务，该公司归萨省的钾矿产业所有，曾荣获过若干出口成就奖项。

·萨省生产的钾肥中有 45% 左右出口到美国，其余大部分被销往太平洋沿岸地区和拉美市场；

·拉丁美洲和亚洲的出口市场具有极大发展潜力；

·萨省钾肥在加拿大国内销售量不足总产量 5%；

萨省在 2009 年中开采了 420 万吨钾肥，钾肥的销售额达到 31 亿加元。为适应需求量和销售量的增长，萨省的钾矿产业计划对省内的若干家钾矿投资 119 亿加元，从而使整个行业的产能提高 90%。钾矿产业中的一些新兴公司正在考虑开发绿地钾矿。

6、 底金属：

　　萨省的基底金属矿产大多来自富林福伦地区（Flin Flon
Area）。该矿区一直延伸到马尼托巴省，是一个世界一流的基底金
属基地。富林福伦拥有平原地区中唯一的一家炼锌厂。近来的基底
金属勘探活动大多集中在富林福伦和拉朗杰（La Ronge）地区。勘
探新发现的报道陆续出现，有些勘探项目已达到加拿大43-101规范
（National Instrumen 43-101）资源管理条例的要求。

7、 工业矿物：

　　萨省生产的工业矿物有煤、高岭土、膨润土、粘土、盐、硅砂、
纳、硫酸钾和钾。硅砂可被用作铜和锌的精炼助熔剂，还可在水力
压裂采油中使用。盐是钾矿开采和盐井钻探的副产品，萨省盐产量

肥料储存罐

占加拿大总产量的 5% 左右。粘土开采项目包括膨润土、轻质粘土集料和水泥浆外加剂。

萨省天然硫酸钠的产量居世界第六位，年产能为 130000 吨。

萨省的煤产量在全加拿大各省中位居第三位，大约占加拿大全国总产量的 15%。省内煤的储藏量超过 300 亿吨。大规模的勘探活动亦在积极进行之中。省内有三座生产煤矿。

列入初级勘探项目中的有稀土元素和钻石。省内北部边远地区的霍易达斯湖（Hoidias Lake）稀土元素项目进入预可行性研究阶段。盐水和建筑石料的开采方面也存在着潜力。盐通常是钾矿开采的副产品。

（三）投资环境

· 萨斯喀彻温大学、里贾纳大学、萨省科研理事会和加拿大同步辐射光源加速器经营机构，带头开展具有世界水平的科研与开发活动；

· 勘探样品分析实验室为世界上最大的分析机构之一，可从事铀和钻石样品分析；

· 根据弗雷泽研究院（Fraser Institute）2009 ～ 2010 年度的调查数据统计，萨省矿产政策的吸引力，在世界上 72 个最重要的矿业开采区中排行第六位；

· 地处北美腹地，连接北美和海外市场的交通网络四通八达；

· 在环保、可持续发展和安全方面坚持高标准。

（四）机不可失

1、扶持矿产业的发展：

· 掌握好矿产业中的经济发展机遇；

· 坚定不移的加强与保持产业的竞争力；

2、营业税较低：

- 对新资本不征收企业资本税；
- 企业所得税税率于 2008 年被降至 12%；
- 无工资税；
- 无健康保险费；
- 个人所得税的最高边际税率为加拿大第三低（15%）。

3、赋税优惠：

- 2008 年恢复了萨省居民可享受 10% 矿物勘探抵免的规定；
- 科研与开发费用可享受 15% 的省所得税抵免；
- 矿物勘探燃料税回扣；

4、矿物资源结构：富于竞争力的矿物资源税制度，其中包括对新开发金矿和基底金属矿免征 10 年的矿物资源税；

5、地质信息：向产业界提供最新、广泛和准确的地质学信息。

复合肥厂

萨斯喀彻温省产业介绍（三）

四、石油与天然气

（一）竞争优势

- 2009 年的油气销售额总计为 96 亿加元；
- 据估计，2009 年中我省日新月异的油气产业，提供的直接与间接就业机会大约相当于 27350 人／年；
- 该产业是对我省经济贡献最大的产业之一，其产值占省内实际生产总值的 18%；

1、石油：

- 萨省是加拿大的第二大产油省，原油产量占加拿大原油总产量的 17% 左右；
- 2009 年中的产油井估计有 26000 口，原油剩余可开采储量为 12 亿桶（1.838 亿立方米）；
- 2009 年的原油产量为 1.548 亿桶（2460 万立方米），销售总额大约为 89 亿加元；
- 2008 年钻探的水平油井为 1358 口，打破了 2007 年创下的 901 口的记录。2009 年钻探的水平油井为 814 口；
- 依靠技术革新来发现和开采更多的原油；
- 精炼与提炼能力位于加拿大的最强之列；

2、天然气：

- 萨省是加拿大第三大天然气生产省。2009 年中的产气井大约有 20000 口，天然气的剩余可开采储量为 2.8 万亿立方英尺

（776 亿立方米）；

- 2009 年中非伴生天然气的总量为 1.921 亿立方英尺（54 亿立方米），伴生天然气的产量为 789 亿立方英尺（22 亿立方米），销售总额大约为 7.43 亿加元；

（二）创新与机遇

1、萨省的勘探、开发、加工、精炼及相关服务行业中充满了机遇。2009 年中在新勘探与开发项目中投入的资金为 21 亿加元，与 2008 年投入的 48 亿加元相比颇有下降。2010 年出现回升，油井钻探数目应增加 10%。

2、根据目前的开采手段和能力，456 多亿桶（73 亿立方米）石油原始储量的可开采部分不足 15%。强化采油方法与新技术的使用为其余 87% 地下原油的开采带来了希望。

3、萨省两座重油提炼厂是在加拿大同类炼油厂中最早建成的，它们的投产增强了萨省提炼能力并促进了重油市场的开发。

4、在推销萨省的强化采油技术方面也存在着机遇。

5、省内拥有一些大型输送管道，可将原油、天然气、液化天然气和石油提炼产品输送到省内外的市场。

6、萨省天然气公司拥有完善的运输网络，可以方便地将天然气输送至国内市场和出口传输管线。长期以来，该公司在帮助生产者将天然气输往市场的服务中奉行原则是及时、低价与高效。

7、随着近来水平井完井技术的改进，萨省东南贝肯（Bakken）油气区带、西南肖纳文下层（LowerShauavon）新开发油气区带和中西部维金（Viking）油气区带的产油潜力会有极大的提高。

强化采油技术：

- 萨省适应强化采油方法／技术应用的石油储量大约为 400 亿桶（63 亿立方米）；
- 蒸汽萃取和二氧化碳储埋一类的新技术具有吸引投资和提高萨省资源开采率的潜力；
- 位于里贾纳市科研园内的石油技术研究中心，在强化采油技术的开发中发挥这关键作用。该中心在韦本（Weyburn）和米戴尔（Midale）地层单元内，领导着这一项旨在探讨二氧化碳地下永久储埋可行性的国际科研项目；
- 石油技术中心还领导一项被称为"蒸汽萃取联合实施"的公私合作科研课题，旨在利用溶剂气体来抽提重油，该课题的经费为 960 万加元；
- 由西诺沃斯能源公司与安加拿公司组成的油气开发伙伴（Cenovus Energy Inc. EnCang Oil and Gas Partnership）在韦本地层单元和加拿大阿帕奇公司（Apache Canada）在米戴尔地层单元开展的两项大型二氧化碳项目，预计可增收中质油 2.22 亿桶（3530 万立方米）。此外，这些项目可使每个地层单元的开采寿命延长 25 年，并在项目开展期间为 3500 万吨二氧化碳提供地下储存空间；

（三）投资环境
- 最佳的潜力、理想的地点、合理的成本；
- 勘探与开发的潜力大；
- 加拿大的大部分油气产自同一沉积盆地，萨省的一半面积位于该盆地之内；

上：石化工业
下：炼油厂

- 进出钻探地点的道路通畅；

- 地处北美腹地，通向市场的运输网络四通八达；

- 浅井钻探和详细的地址资料有助于降低钻探成本；

- 依靠技术革新提高产油量、降低采油成本；

- 土地租金便宜，综合商业与产业成本低；

（四）优惠政策

1、税收与矿物资源税制：

- 与产业界合作制定出于竞争力并稳定的矿物资源和永远保
有地产生产税制；

- 对所有新钻的常规油气井按"第四代油"征收矿物质税和永
远保有地产生产税；

- 对新钻的水平油井、深油井和勘探气井施行钻探鼓励措施；

- 对利用强化采油法增收的原油施行矿物资源和永远保有地产
生产税抵免；

2、服务与基础设施：

- 提供专家咨询与综合性油田服务；

- 可供利用的与跨省、跨大陆输送管道网络连通的综合性油气
收集系统；

- 石油技术研究中心、萨省科研理事会和国家二氧化碳中心均
拥有很强的科研与开发能力；

- 精练与响应迅速的管理机制；

- 勤奋、训练有素、可靠与高效的劳动力队伍；

五、萨斯喀彻温省的出口

（一）综述

- 2008 年中萨省出口创造的收入大约占省生产总值的 6%；
- 美国是萨省最大的贸易伙伴。萨省对美国出口额在总出口额的比重超过 60%；
- 萨省五个最大的贸易伙伴是美国、中国、印度、英国和日本。萨省对这几个国家出口额占出口总额的 76%；

（二）萨斯喀彻温省对中国的出口

- 中国是萨省仅次于美国的最大贸易伙伴；
- 油料作物（不包括大豆）55%、木质纸浆 13%、氯化钾 11%、豌豆 9%、亚麻籽 5%，是萨省在 2009 年中对中国出口的五大产品，这五项的出口额占萨省对中国出口总额的 93%。在 2009 年中，双低油菜籽对中国的出口额同比上升了 80%，达到 5.53 亿加元。
- 豌豆的出口额同比上升了 51%，达到了 1.05 亿加元；亚麻籽的出口额同比上升了 341%，达到 6940 万加元；
- 从 2004 年至 2008 年，萨省对中国出口额的年平均增长率为 16.8%。出口额在 2009 年的同比增长为 1.3%；
- 在 2009 年中，萨省对中国的出口额占加拿大对中国出口总额的 10.4%；
- 中国是萨省农产品和钾肥的主要进口市场之一；
- 加拿大现有的一些双边贸易和投资政策工具，可被用来推动和鼓励加拿大与萨省对中国进行商业接触。

萨斯喀彻温省农业部农业统计数据（一）

土地面积	百万公顷
总面积	65.1
淡水面积	5.9
土地面积	59.2
农地面积	24.9
耕地面积	18.2
种植面积	18.2
夏休耕地面积	1.4
改良牧场	2.1
天然牧场	4.8
其它土地	1.9

人口	（位）
总人口	1033 381
城镇人口	740 028
里贾纳市	193 100
萨斯喀通市	222 189
乡村人口	222 766
农业人口（2006 年）	111 605

农业收入（亿元）	2006-2010 年*	2011 年
农作物收入	59.638	80.378
畜禽业收入	16.401	17.001
政府项目补贴	8.386	80.176

注：＊为五年平均值。由于数据约略，各数据累计与总和不一定相等。

农场数量与规模	（个）
农场数量	36 952
谷物与油料作物	22 196
肉用牛养殖	7 314
奶牛养殖	141
生猪养殖	66
农场平均规模	（公顷）
总面积	675
耕地面积	493

经过生产认证有机农产品的农场	（个）
自报生产认证有机农产品的农场	1015
水果．蔬菜或温室产品	22
农田作物	997
畜禽或动物产品	59
其它产品（树源糖浆．药材与香料等）	11

全省生产总值（按2002年加元不变值计算）（百万元）	2006-2010 年＊	2012 年
农业	4 568	4 760
基础产业	9 695	10 251
企业生产总值	38 038	41 186

劳动力与就业		
（万人）	2006-2010 年 [*]	2012 年
农　业		
劳动力	4.41	4.03
就业	4.34	3.95
全部基础产业		
劳动力	6.91	6.64
就业	6.71	6.45
总　计		
劳动力	53.52	55.35
就业人数	51.07	52.59

农场资产总值		
（亿元）	2006-2010 年 [*]	2012 年
土地及房屋建筑	291.760	374.264
机械设备	89.439	106.694
家禽与家畜	24.619	29.016
总计	405.818	509.974

农场负债额		
信贷来源（亿元）	2006-2010 年 [*]	2012 年
注册银行	23.232	26.913
信用联社	17.794	18.671
政府	26.828	35.253
其他来源	13.662	16.155
总计	81.516	96.991

农场经营者平均收入		
（元）	2005-2009 年[*]	2012 年
纯农场经营收入	28 195	44 947
农场以外收入	32 490	35 325
总计	60 685	80 272

家庭饮食年平均开支		
（元）	2004-2008 年[*]	2009 年
饮食	5 873	6 344
采购食品开支	4 525	4 811
餐饮直接消费	1 333	1 522

食品加工业		
	2005-2009 年[*]	2010 年
雇佣劳动力总数 （念直接与间接劳务）	5 888	4 618
成品加工销售收入（亿元） （含面粉加工.麦芽.乳制品. 肉类.面包与糕点.饮料）	24.93	26.77

农业收入		
（亿元）	2006-2010 年[*]	2011 年
农作物收入	59.638	80.378
畜禽产收入	16.401	17.001
政府项目补贴	8.386	80.176

上：奶牛场
下：放牧牛群

萨斯喀彻温省农业部农业统计数据（二）

农场牲畜存栏数量（截止 2012 年 7 月 1 号）		
	2007-2011 年 *	2012 年
母肉牛	1 295 000	1 178 700
母肉牛犊	180 200	198 800
奶牛	28 200	27 900
奶牛犊	12 200	11 900
公牛	66 300	62 800
阉牛	325 300	339 000
牛犊	1 179 800	1 085 900
成牛及牛犊总头数	3 087 100	2 905 000
羊及羊羔总头数	122 600	127 000
母猪与仔母猪	103 200	2 700
生猪存栏总数	1 064 900	1 100 000

家禽产业		
	2006-2010 年 *	2011 年
肉用鸡（万只）	2 543.28	2 574.90
鸡蛋（打）	2 650.04	2 815.40
火鸡（万只）	86.32	84.70

特殊畜产普查		
	2006 年 *	2011 年
北美野牛	57 395	39 343
麋鹿	25 608	39 343
鹿	8 581	4 089
野猪	12 108	3 344
马	65 914	54 093

注：＊为五年平均值。由于数据约略，各数据累计与总和不一定相等。

农作物生产					
（农田收获面积）	2006-2010年*	2011 年	2006-2010年*	2011 年	2010/2011年
	（公顷）		（吨）		（元／吨）
冬小麦	134 340	85 000	368 560	236 800	187
春小麦	3 173 780	2 976 400	7 233 160	7 737 400	255
筋麦	1 583 940	1 375 900	3 430 200	3 551 600	220
燕麦	651 140	503 800	1 726 360	1 557 600	191
大麦	1 279 220	819 500	3 590 720	2 438 500	158
秋莜麦	57 080	36 400	118 420	81 300	175
亚麻	461 340	212 500	591 600	279 400	549
油菜籽	2 994 660	3 885 000	5 086 680	7 019 300	502
杂粮	6 860	无资料	13 460	无资料	169
芥籽	140 840	103 100	119 340	103 200	537
小扁豆	881 460	955 100	1 158 060	1 455 000	497
豌豆	1 103 160	611 100	2 297 860	1 330 800	234
金丝雀草籽	146 100	93 000	160 260	102 300	546
小黑麦	9 860	6 100	20 960	10 200	无资料
鹰嘴豆	82 940	41 700	117 600	75 200	648
总计	12 706 720	11 704 600	26 033 160	25 978 600	
栽培牧草	1 825 520	1 719 900	5 338 780	6 078 100	
马铃薯	3 586	2 833			
水果	600	775			
蔬菜	200	310			
温室栽培	21	25			
草皮与苗圃	无资料	1 332			
夏休耕地	2 225 800	3 318 000			

五大农产品出口市场（2007-2011 年平均）

	百万元	占出口总量份额（%）
美国	2 195.9	25.9%
日本	784.9	9.3%
中国	751.6	8.9%
墨西哥	468.4	5.5%
印度	466.8	5.5%

五大农产品进口来源国（2007-2011 年平均）

	百万元	占进口总量份额（%）
美国	301.3	85.8%
墨西哥	8.1	2.3%
智利	5.2	1.5%
马来西亚	5.0	1.4%
澳大利亚	3.8	1.1%

农产品与食品进口总值

（百万元 $）	2006-2010 年 *	2011 年
农作物	78.6	77.5
家畜与家禽	9.8	6.6
植物产品	78.3	60.6
动物产品	69.0	48.3
食品与饮料	163.5	129.5
总计	339.2	322.5

农产品与食品出口总值		
（百万元＄）	2006-2010 年＊	2011 年
小麦（不含筋面）	1 645.8	1 859.2
筋麦	964.9	932.8
燕麦	242.7	231.4
大麦	232.0	150.7
亚麻籽	252.5	184.0
油菜籽	1 266.3	2 162.2
芥籽	65.8	57.7
金丝雀草籽	81.9	116.1
豌豆	648.8	956.4
小扁豆	711.1	835.4
鹰嘴豆	46.9	49.3
牧草及草籽	44.7	33.0
牛及牛犊	210.3	93.2
生猪	39.5	8.9
其它家畜与家禽	10.1	8.9
植物产品	798.8	2 291.7
动物产品	81.6	55.9
食品与饮料	10.8	6.8
其它	65.8	133.5
总计	7 420.3	10 77.1

加中两国贸易历史及特点

　　加拿大与中国的贸易起始于 20 世纪 60 年代,对中国人来说是特殊的历史时期。正是加中谷物贸易拉开了加中贸易的序幕,对两国贸易和政治关系产生重大的积极影响,也重新开启中国与西方国家建立广泛联系。

　　历史会铭记当时加拿大政府农业部长阿尔文.汉密尔顿(Alvin Hamilton),这位对中加关系发展做出杰出贡献的加拿大政治家。正是他通过加拿大小麦局,开启了加中农产品贸易,造福于一代中国人民。

　　20 世纪 60 年代初,由于当时的极左政治路线,和 1959 ~ 1960 年发生的自然灾害,造成中国粮食严重短缺,民众饥饿困苦。西方社会对中国实行"对华禁运政策",致使中国对外贸易几乎处于瘫痪状态。1960 年 11 月,中国政府派中国粮油进出口公司代表,到加拿大考察购买加拿大小麦的可能性。当时的中国缺少外汇,中方代表提出由加拿大政府为加拿大小麦局作销售资金的银行贷款担保,且对中国的分期付款作担保。

　　世界冷战还未结束,加上朝鲜战争影响,许多西方国家不赞成与中国进行任何贸易往来。加拿大内阁的部分保守议员,对中国能否履行协议义务持怀疑态度,更有一些议员担心与中国贸易会影响美加关系,在对华谷物贸易谈判时持强硬反对。农业部长汉密尔顿力排众议,支持加中谷物贸易,最后以不惜辞去内阁职务为代价。此举震动了时任加拿大总理迪芬贝克和反对者,才促成这笔大宗贸易协议《中加小麦协议》签署。汉密尔顿与反对者进行了长期争论,始终坚持通过国际贸易寻求和平这一基本信念，也充分考虑加中谷物贸易可为加拿大西部省份经济注入活力。

当中国告知加拿大，只有将更多中国产品销售到国外，中国才有能力偿付贷款。汉密尔顿再次冒着风险，许诺帮助中国扩大出口市场，尤其是纺织品出口。汉密尔顿在相当长时间内扮演中国政府顾问角色，安排双边贸易团互访。当汉密尔顿卸任后，周恩来总理亲切接见他，深情地说：三年自然灾害几乎粉碎了我们的"热情"，当我们全国付出巨大努力探索的时候，我们没有朋友，而你们却卖给我们小麦，中国人民是不会忘记老朋友的。

加中谷物贸易往来有力地推动了政治层面的沟通。1970年，加拿大率先成为全球第二个正式宣布承认新中国的西方国家。双边贸易已从单一谷物贸易发展多元化立体格局，贸易额从建交初期的1.5亿美元，2012年达到700亿美元，增长466倍。随着亚洲能源需求增加，特别是中国经济发展的带动，在未来4或5年，加拿大将开始向亚太地区输送天然气，增加向亚洲的能源出口。而亚太地区的能源安全和未来贸易投资机会，也需着眼于加拿大市场。

加拿大对外贸易地区分布的显著特征是贸易高度集中在美国，其次是日本、英国以及其它OECD（经济合作与发展组织）国家。近年来，加拿大也开始积极发展同亚太地区的经济贸易关系，重点是发展同东亚经济的联系，如韩国、中国大陆、香港特别行政区、台湾等。加拿大政府非常重视发展同中国的政治、经贸关系。

尤其是90年代初期自由党执政以后，加拿大政府调整了对华政策，提出了"面向亚太、面向中国"的新方针。加拿大政府优先发展同中国经贸关系的对华政策，有力地推动了中加两国的经贸合作。

加拿大谷物历来以高品质和高度标准化在世界享有盛誉，加拿大谷物出口量超过世界出口总量的 20%，年出口金额约占加拿大对中国年出口农产品总额 50%，居世界第一。加拿大小麦逐步成为中国用户首选的进口品种，中国每年从加拿大进口啤酒大麦就达 50 ～ 60 万吨，在高中档啤酒原料中，加拿大啤酒大麦以其稳定优良品质稳坐头把交椅。

加拿大是典型的贸易型国家，其贸易和投资体制透明度与市场开放度均较高。加拿大国内生产总值（GDP）中约 40% 依赖于贸易，国内三分之一的工作职位是由贸易创造。因此，加拿大政府一直奉行贸易促进经济、增加就业和确保国家繁荣的政策，将对外贸易政策放在国家优先发展战略地位，尤其强调出口贸易与引进外资发展出口加工贸易对经济增长的推动作用。

加拿大法律规定只有联邦政府有权对进口产品征收关税，各省政府均不得实施征税权，所有进口货物均须向加拿大海关申报。从关税结构看，大多数原材料进口关税为零或很低。海关关税在执行时有些特殊规定，如对于加拿大本国能生产的新鲜水果及蔬菜进口，特别在加拿大本国市场供应充足时，有时征季节性关税。目前，加拿大平均关税水准较低。2000 年所有税目进口加权平均关税率约为 0.9%，所有应税税目进口加权平均关税率已从 1996 年 6.7% 降至 2000 年的 4.4%，降幅达到 34.3%。2000 年 8 月取消了 570 个项目的关税，使最不发达国家 90% 以上商品可以自由地进入加拿大市场。加拿大还承诺逐步取消关税水准低于 2% 的项目。

中国和加拿大同处太平洋沿岸，一个是资源丰富的西方工业七强之一，一个是拥有全球四分之一人口及最大消费市场的发展中国家。中加两国经济互补性强，经贸发展空间广阔，潜力很大。加上中加两国在政治上没有根本的利害冲突，中加贸易发展一直很平稳

顺利，贸易摩擦少，两国在能源、矿产、交通、通讯、电力、石化、环保、农业和原材料工业等领域加强平等互惠的合作，谋求共同发展，有着十分广阔的前景。

加拿大能源、矿产、深加工产品对中国的出口，其中包括石油、天然气、钾矿等；加拿大服务业加快步伐进入中国，服务业包括金融、保险、旅游、教育和物流，加拿大的金融业在世界上享有很高声誉，但迄今进入中国的力度不大；加拿大农产品如小麦、猪肉增加对华出口；中国的劳动密集型产品，如轻纺、机电产品进入加国，这类商品不会影响加拿大就业，却可弥补加国的劳力不足。

挤奶车间

加拿大国际农业博览会

　　加拿大国际农业、畜牧业及园艺展览会，是加拿大规模最大的农业技术展览会，在萨斯喀彻温省会里贾纳（Regina）举办，每年一届。该展会拥有30多年办展历史，已获权享有"加拿大国家农业展"美誉，一如既往地向世界展示加拿大乃至全球的先进农业科技及机械水平。近年来，加拿大国际农业博览会吸引了更多国际合作伙伴参展，逐渐成为全球农机供需双方的年度盛会。

　　加拿大属地域广阔国家，农业是加拿大的国民基础产业，市场潜力巨大。每年的六月，加拿大国际农业博览会在里贾纳国际展览中心，迎来世界各地数以万计的专业观众及采购商，展出内容几乎涵盖了农业及相关领域的全部所有，为全球业内企业提供了一个集中展示、交流合作的理想商务平台。

　　来萨省做农场主以后，我早听说过这个农业博览盛会。据说每到会议期间，里贾纳附近所有的酒店、宾馆全部爆满，盛况空前。可惜2012年没有赶上，2013年我早早地回到萨省天鹅农场，准备参加2013年的展会。

■ 展会规模：

2013年6月19号博览会正式开幕。

　　来自30多个国家的1000多家农业企业参展，其中有来自43个国家的405家海外企业。展览面积167000平方米室内、室外展区，向来自50多个国家的45000名业内参观者展示各自的农业创新成果，包括农耕、畜牧、农业加工最新机械设备以 及技术；再生能源科技技术；新农产品种和服务等。参观者通过博览会平台，可以了解全球最新农业农机产品及资讯，直接接触各类产品的制造、研发机构以及农业农机领域里的相关企业。

可惜，我在现场看到参加博览会的中国企业和人员不多。其实，该展会是了解和评估加拿大和北美国家农业发展相关技术进步的重要标尺，为计划开发北美市场中国农机企业搭建了一个很好的平台，让参展企业能够结识到真正的客户，应成为中国农机企业进入北美市场首选展会，也是开拓海外市场最直接有效的途径。

该展会观众多、展出效果好。通过参展，中国企业可以掌握大量第一手加拿大市场信息，正面接触海外用户和代理商，拓宽销售渠道，及时掌握农业最新发展动态。同时在萨省访问期间，还可以安排考察萨省农业领域其他方面的贸易和投资商机，包括有机食品出口和代理、增值加工等。

■ 展品范围

农业机械：拖拉机、收获机、插秧机、微耕机、旋耕机、各类农机具、场上作业机械、耕整种植机械、植保机械、内燃机、发电机组、发动机组、排灌及节水灌溉设备。

植物保护产品：化肥，农药，杀虫剂，除草剂、杀鼠剂、杀螨剂，有机生长物等。

畜牧机械：青饲料机械和捆绑机械、饲料加工机械和设备、舍建设和监控设备、奶产品加工机械；

禽畜：生鲜制品、肉类、禽类、乳制品、添加剂和防腐剂；饲料、肥料、氨基酸、兽医兽药；

设施农业：各类温室机械设备、温室自动化、灌溉；农业用太阳能产品、节水灌溉产品；

农副产品加工机械、林业机械、渔业用品；种苗与花卉；生物质能源、新能源、沼气建设与利用；

农作物运输设备；园艺机械、园林用品、草坪养护器材；植保用品；

花卉，种子，谷物，纤维，水果和蔬菜，花，辣椒等。

■ 展会特色

主办方具有连续三十多年办展经验，使展会各个展区划分清晰，井井有条。免费游览车沿着展区路线周转，参观者可自由上下，减少徒步参观的辛苦。

我和几个参观展会的华人朋友结伴，先坐游览车围着场馆周游一圈后，再分头寻找各自感兴趣展区。会场上看到参观者人流中，除了参展的各国、各地企业代表外，也有不少当地农场主，还有领着几个孩子兴致勃勃参观展览的农妇。天鹅农场周围的农场主邻居大都过来参会，每年一次的博览会，是他们了解农业新技术尤其农机新设备的好机会，又在播种结束的农闲时节，自然不会失去。

展会各项活动安排得有条不紊，最让我兴奋的是"农夫拖拉机巡游队"。当上百台各式各样、形状不一、不同年代和时期的拖拉机队伍，由来自全省各地的农场主驾驶着，整整齐齐、浩浩荡荡，依次列队开到展会现场。全体参观者站立在道路两边向他们致注目礼，由衷祝贺这支驾驶拖拉机的农场主队伍。

萨省农场主，都有爱惜和保留历史的良好习惯，自家用过的各式旧拖拉机都收藏保养的很好，同城市的"老爷车"。每台拖拉机擦得锃亮，颜色喷漆鲜艳亮丽，好像刚出厂一样崭新。因为萨省地广人稀，在短短一百多年的农业发展历程中，拖拉机是当地农民耕种与收获的依赖，如同战士的武器。他们从各自国家移民定居来到遥远的加拿大"草原省"，只有依靠农业机械才能开始种植、养殖业生产，建设自己的新家园。

　　不时看到有些拖拉机后厢里坐着农场主一家老小，快乐地向沿途观众招手致意。更多地则是拖拉机手雄赳赳径直往前开着，脸上挂着自豪的笑容。有几位女拖拉机手娴熟地驾机行走在队伍中，不由得让我升起羡慕之意，比我在农庄开割草机神气多了，呵呵！不过我也注意到，这些拖拉机手几乎都是清一色老年农民，连中年人都不多。萨省农民老龄化问题日趋严重，与会场里参展企业代表们年轻的面容形成了鲜明对比。同中国一样，加拿大农村劳动力紧缺已经成为制约农业发展的主要障碍。

大型拖拉机

上：农业机械展
下：拖拉机巡游

萨斯喀彻温省农业贸易洽谈会

　　加拿大萨斯喀彻温省贸易出口联合会（STEP），于 2013 年 6 月 27 日，在萨省北部的萨斯卡通市（Saskatoon）希尔顿花园酒店会议厅举办萨省农业贸易洽谈会。由来自萨省本地的农场主，粮食加工和畜牧设备生产商，农产品、食品加工企业参加，也吸引不少来自世界各地的农产品经销商，来此共同洽谈高品质农产品原料、有机食品、保健品的贸易项目。

　　中国是世界第一且不断增长着的巨大消费市场，萨斯喀彻温与中国之间农产品贸易对接有着非常高的互补性，已成为摆在萨省华人农场主面前的一个不错的市场机遇。

　　萨省农产品，品种多、品质好、价格低，具有相当高的市场价值。中国市场近年来对高品质农产品的消费需求，已从少数人的"阳春白雪"走进普通的"下里巴人"，严峻的食品安全问题让国人把农副产品的品质摆在了重要位置。

　　从里贾纳市开车到萨斯卡通市需要两个多小时，当我们驱车赶到已是午餐时间，在附近一家中餐馆里匆忙吃完午餐，就急忙赶往会场。一天的会议时间，我们只参加下午两点开始的洽谈会议。希尔顿花园酒店坐落在萨斯卡通商业区中心，正对面是 Midtown Plaza 购物中心。会议规模不大，我走进会场，看到大概只有一百多名参会人员，其中三分之一是来自中国大陆的农产品经销商，满会场都可以看到黑头发、黄皮肤的中国人，中加农业贸易的飞速发展由此可见一斑。

　　一进会场，先遇到"R.W 有机物有限公司"的老板罗恩·韦尔斯（Ron Wells）先生和夫人，2012 年 9 月，我们一起参加过上海贸易洽谈会，一见面罗恩就热情地和我打招呼。

　　会议内容简单紧凑，贸易出口联合会（STEP）的官员首先介绍萨省有关农业状况，接着各位参展生产商的洽谈台前，就坐满了咨询洽谈的外国客商。我也开始在会场上寻找自己感兴趣的本地土特产品，不看不知道，这次还真让我看到了许多过去没有见过的农产品。

几大类萨省土特农产品：

　　亚麻籽（Linseed）： 有机亚麻籽、亚麻籽油、亚麻籽粉系列产品。亚麻籽是自然界中亚麻酸含量最高的物种，具有降血压、降血脂、预防冠心病、预防心血管疾病的作用，亚麻籽堪称草原鱼油。亚麻籽还含有较多的木酚素，木酚素可有效预防糖尿病和肿瘤增长。亚麻籽中的 EPA、DHA 还有助于脑细胞的形成、生长和发育，对提高青少年智力、保护视力有重要作用。亚麻籽油可用于烹调、冷餐、拌馅直接服用，还可作为食品添加剂。

　　豆类（Pulses）： 加拿大的豌豆、扁豆、豆荚和鹰嘴豆享誉国际，产量及销售额领先全球，以扁豆和豌豆而言，更是位居全球之冠，加拿大豆类目前出口至全世界 150 个国家。豆类属于豆科植物，具有高蛋白质、高纤维及高复合碳水化合物，豆类也是非常好的维他命、矿物质及抗氧化物的来源，经济实惠又健康。加拿大纯净天然的自然资源和清新寒冷的气候，低成本生产高品质的豆类非常理想。种植豆类耗费较少能源，对环境影响较低。豆类作物提供多样化农作物轮作，保护并且提升土壤品质和水资源。

　　野米（Zizania Aquatica）： 野米又名菰米或冰湖野米，原产于北美，早在数百年前，北美的印第安人以它作为主要食粮。野米是加拿大唯一的原生谷类，也是加拿大唯一以籽实型态生长的野草，其外壳未经打磨，保留着丰富的营养素和纤维质，比白米含有更多的蛋白质和微量元素。加拿大有机野米生长在干净、清澈的湖中，是不施肥、无农药的天然有机湖泊米，谷粒可长达 12mm。采收季节里，需驾独木舟以人工在湖面采收。加拿大有机野米是一种营养价值极高的纯天然健康产品。

芥花油（Canola Oil）：营养专家认为芥花油有最好的脂肪酸比例。研究指出，芥花油的脂肪酸成份对人体健康最有益，也是营养均衡的饮食中不可或缺的一环。医生和营养师都赞赏芥花的脂肪酸成分，认为其脂肪酸比例为所有食用油当中最好。与市面上其他的食用油相比，芥花油所含的饱和脂肪最低（7%），其单一不饱和脂肪含量相对较高（61%），而多元不饱和脂肪含量中等（22%）。

燕麦（OATS）：加拿大是世界上最大的燕麦出口国，也是世界上第三大燕麦生产国，燕麦约占加拿大谷物和油籽作物生产及出口的 6%。燕麦和燕麦产品的健康益处，从 80 年代后期的"燕麦狂热"时起就得到了人们认可。燕麦含有多种高价值的营养成分，像是膳食纤维、β-葡聚糖、蛋白质、不饱和脂肪酸、维生素、矿物质和抗氧化剂。

荞麦（Buckwheat）：除了它的口味和高适应性，还有其他的优点。荞麦是高品质又容易吸收的蛋白质来源，而且含有全部九种人体所需胺基酸。荞麦也是很好的碳水化合物和膳食纤维来源，而且富含多种矿物质和维他命。因为荞麦不是谷物，也就不含有麸质，对于一些无法食用麸质的人来说，是很好的选择。

蜂蜜（Honey）：加拿大蜂蜜产能是世界平均两倍之多。因为加拿大的广阔的空间、干净天然的环境和天气为花蜜生产提供了完美的条件。加拿大北部夏季长时间日照造就了许多开花的农作物，进而吸引越来越多蜜蜂，生产出美丽金黄的蜂蜜，受到世界各国消费者所热爱。加拿大包装的蜂蜜，不需要添加任何防腐剂，即可保存最多达两年。

有机食品（Organic Food）：加拿大十分适合栽种有机作物，因为幅员宽广、环境天然纯净、地形种类众多而且气候偏寒，使得病虫害相对减少。加拿大生产并出口一系列的新鲜、冷冻和加工的有机食品，包括水果和果汁到豌豆、扁豆和其他豆类，还有从枫糖浆到早餐谷物、果仁牛油和各式各样的肉类和海鲜。有机农产品栽种时不使用化学肥料与合成农药，且有机作物未经基因改造。有机农业对于家畜饲养也采取人道管理，让家畜自然健康地成长。加拿大有机产品法规从 2009 年 6 月 30 日开始实行，此法规确保有机产品与国际同步，并经过政府核准单位认证。

中外客商

萨斯喀彻温省贸易现状及资源

    里贾纳地区华人企业家论坛，于2014年11月8日在里贾纳举办。主办方就华人企业家感兴趣的热门话题，邀请了有关嘉宾到场，为大家感兴趣问题提供相关的专业咨询。萨省贸易发展委员会亚洲贸易发展处长曾奕先生的讲演，引起了全体与会者的关注。

一、萨省出口

    优势：萨省经济发展势头强劲，而且在国际社会中享有非常了得口碑；萨省拥有世界需要的多种产品、食品、化肥、燃料；萨省的产品及服务一直享有高品质、高价值的良好口碑；临近美国；简单、便捷的商业体系一直在国际上享有盛名；来自省内各界的强大支持。

    不便：萨省为典型的内陆大省；距离最近的港口1500公里；个别地区的铁路运输能力有限；货币的波动性（加币与美金之间）；临近美国；缺少吸引及保留劳工的优势。

二、萨省主要出口产品

    （一）农业生物科技（动物遗传基因的研发等）

    （二）农业产品

    （三）主次要建筑材料（木材、橱柜、加工木制品）

    （四）OEM标准配件（配件、零件）

    （五）运输设备（拖车、救护车、特种车辆）

    （六）能源和矿产（相关支持性产品服务）

    （七）环保技术和产品（风能源、过滤系统、可循环性产品）

（八）信息与通信技术（软件、通信设备）

（九）专业咨询服务（设计师、管理咨询）

（十）教育及培训（高等教育和私立培训机构）

（十一）日用品（艺术品、珠宝、其它日常用品）

三、萨省对外出口总值

年份	金额（加元）
1996	93.53 亿
2001	117.32 亿
2006	163.98 亿
2008	295.94 亿
2010	237.55 亿
2011	295.62 亿
2012	315.31 亿
2013	322.66 亿

四、2013 年萨省出口国家

国家	价值（以千加元为单位）
美国	$20,868,295
中国	2,658,749
日本	1,055,028
印度	999,045
印尼	728,927
巴西	707,642
墨西哥	581,177
英国	424,968
孟加拉	326,720
马来西亚	292,290
其它	3622,684
总出口值	32,265,525

五、出口产品

产品	价值（以千加元为单位）
石油天然气	$10,232,754
钾肥	6,420,435
小麦	2,802,209
油菜籽	2,410,118
淀粉／植物油加工	2,092,825
干豌豆	1,854,102
铀	806,114
其它谷物（大麦、牧草种子、黑麦）	530,119
农机产品	361,532
石油精炼	255,121
其它	1,797,002
总出口值	29,562,331

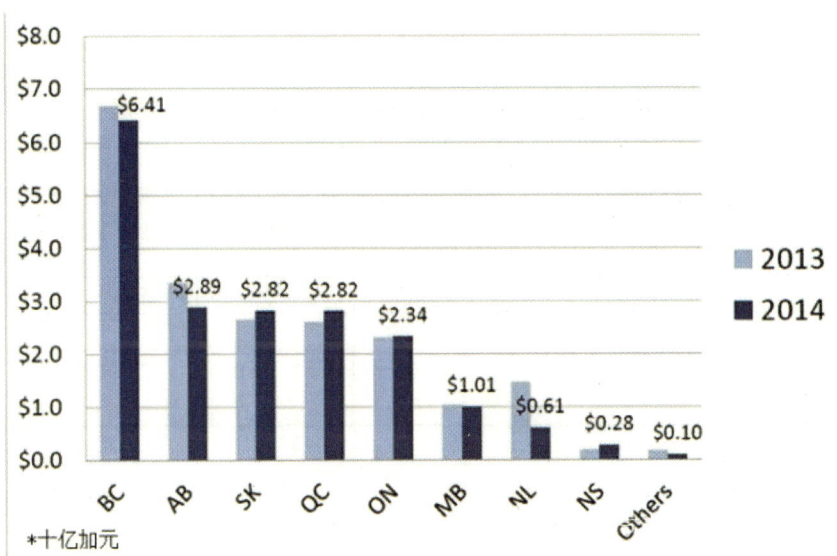

图 1: 各省对中国的出口总额

*十亿加元

2013
2014

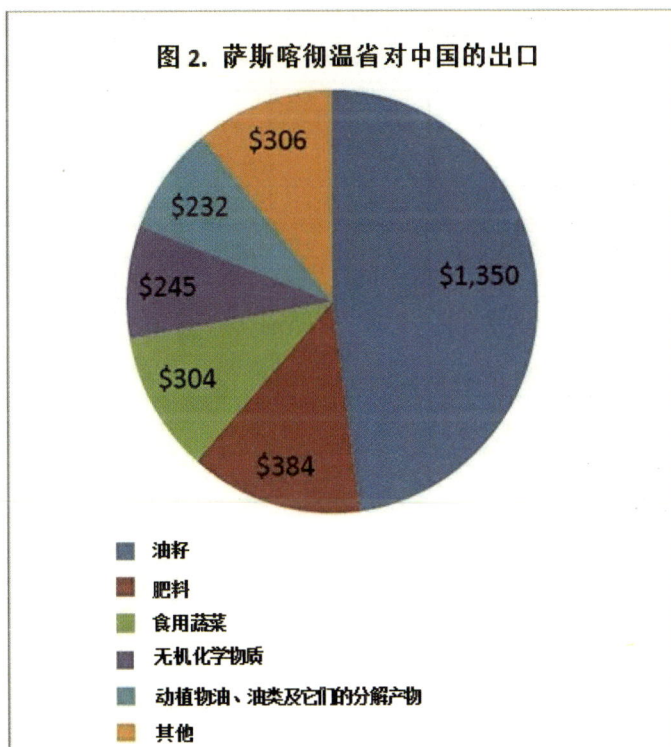

图 2. 萨斯喀彻温省对中国的出口

$306
$232
$245
$304
$384
$1,350

■ 油籽
■ 肥料
■ 食用蔬菜
■ 无机化学物质
■ 动植物油、油类及它们的分解产物
■ 其他

表 1：萨斯喀彻温省向中国出口排名前十的产品

2014 排名	出口最多的产品	加元 （$百万）		%变化 2014/2013
		2013	2014	
	总共（所有产品）	$2,657	$2,824	6.30%
1	油籽、油质的水果、工业或药用植物、稻草和饲料	$1,009	$1,351	33.90%
2	肥料	$394	$385	-2.40%
3	食用蔬菜和根茎类	$369	$304	-17.50%
4	贵金属和放射性元素的无机化学物质和化合物	$103	$245	138.60%
5	动植物油、油类、及其分解产物和蜡	$469	$233	-50.40%
6	纸浆木等；纸或纸板的废料和碎片	$139	$158	13.40%
7	谷物	$162	$135	-16.90%
8	核反应堆、锅炉、机械和机械电器	$4	$6	31.80%
9	食品工业的残留物及废料，和配制的动物饲料	$0	$5	N/A
10	谷物加工产品；麦芽、淀粉、菊粉、小麦麸质	$3	$1	-55 10%

保护性农业与精耕细作

作为中国人，每当第一次听到加拿大"免耕法"时，几乎都会想：土地不耕怎么能种？国人对种植业的理解就是耕种。我们的传统农业就是"精耕细作"，几千年中国农民都是这么耕种，已深入骨髓，根深蒂固。

我也同样，当面对加拿大农民免耕种植时，几乎都不愿意相信自己的眼睛。

其实，免耕只是保护性农业一个重要环节，免耕、直播、生物质覆盖等措施配合才构成保护性农业的全部。要想深入了解加拿大农业，必需熟悉保护性农业内涵。保护性农业，指以最小对土壤结构、成分和生物多样性的破坏，实现土壤最小侵蚀与退化而采取的土壤管理实践。直白说，就是在庄稼收获后，不要将作物残留物（如秸秆、根茎）回收贮存、烧毁或翻耕深埋，而是将其作为土壤覆盖物留在原地。在下一农季开始时，完全不用耕地，将种子直接播入土壤。加拿大保护性农业从初期的免耕、少耕为主，经过多年试验和推广、完善，逐步发展成为保护性农业全面综合技术体系。

保护性农业认为，优良农田生态环境包括肥沃的土壤、活跃的土壤生物、稳定的土壤孔系，以及由此带来充裕的水、气供应。覆盖目的是减少对土表破坏，通过长期持续的土壤覆盖，既可以使土壤避免风吹雨淋造成土壤板结与流失，也可通过持续秸秆及残茬的投入，在地表形成有机质丰富的疏松土壤。免耕可以保持土层与土壤孔系结构的稳定性，保护土壤生物正常活动。而轮作则在控制病虫害同时，通过作物根系在不同土层活动，实现生物耕作与营养利用。

中国农民种田"精耕细作"。其意思是，在平整土地时土壤要整得很细，这样做直接效果是土壤直接裸露在阳光下，土壤中昆虫和蠕虫动物被冻死，而土地肥力通过人工大量补充有机质肥料维持。千百年来中国农民用大量劳动力投入到少量土地，来换取人们的食粮。近几十年，中国农业现代化和社会工业化发展，对传统农业带来摧毁性打击。长期连续不断耕翻和对土地过度开发，化学肥料大量施入土壤，有机质逐步丧失，加速了土壤退化和环境污染。近年来，对农业持续发展和环境的负面影响已明显暴露出来。

保护性农业，可追溯到 70 多年前袭击北美大地的"黑风暴"（也叫沙尘暴）。20 世纪初，美国拉开西部大开发序幕，机械化翻耕土地，加快了土地开发速度，获得几十年不错的收成。由于植被破坏，导致了一场震惊世界的灾难。1935 年 5 月一场"黑风暴"，从土地植被严重破坏的美国西部刮起，连续 3 天，横扫美国 2/3 国土，把 3 亿多吨土壤卷进大西洋。仅这一年美国就毁掉 300 万公顷耕地，冬小麦减产 510 万吨。加拿大同时期也一样，最终明白是错误耕种方式带来的严重生态后果。

此后，土壤学家、农学家、农机专家共同努力，总结开发出以少耕、免耕为主要内容的保护性耕作法。推行免耕、直播、生物质覆盖等措施，使土壤退化可避免或减少到最低程度。保护性农业减少风蚀，增加雨水积累，大大缓解了传统耕作对生态环境破坏。通过数十年的努力，保护性耕作和植树、种草措施一起，有效地遏制了沙尘暴的再度猖獗。加拿大政府为有效保证免耕法实施，特地制定了废除铧式犁的法律。在加拿大萨斯喀彻温所看到，保护性耕作制度不仅能够保护土壤，而且能够长远地提高土壤的质量、生产力和总体经济效益。

加拿大是世界上面积第二大国家，拥有约 997 万平方公里的国土面积，人口却不足 3200 万，是一个名副其实人少地多、地大物博的土地大国。然而，就在这样的一个资源大国里，人们奉行着"要还给后代一个健康良好的土地"信念，形成很强的土地保护意识。耕地保护行为充分体现在人们日常生活之中，形成了全社会保护耕地的良好氛围。

加拿大农产品价格明显高于工业产品价格，且新鲜蔬菜比肉贵；超市购物付账时，工业产品要额外多付14%的消费税（其中7%为联邦税，7%为地方税，各省税率不同）。对农产品免除消费税，是鼓励人们对农产品消费，实质上也是社会对耕地保护一种扶持手段。

在加拿大，土壤被视为一种珍贵资源，当人们需要土壤种植花草时，必须花钱购买。为减少建设用地对耕地的占用，在建设选址时，不占或少占耕地是最基本原则。加拿大人不仅重视耕地的数据保护，还非常强调耕地质量保护与提升。严格控制农药化肥的施用，既符合农产品生产

秋季原野

水库

安全标准，又防止对土壤的破坏，不断保持和提升土壤生产力。农场主自觉重视耕地地力的培育，注重用地与养地有机结合，耕地保护已成为人们的自觉行为。

加拿大农场从 70 年代开始实施保护性耕作制度，90 年代初得到了迅速推广，加拿大的成功经验，有助于帮助中国农业实施保护性耕作制度。据农业科学家测算，推行保护性农业，农业的能源消耗与农业产出比，将由传统农业的 15％～50％增加到 25％～100％。保护性农业防止了土壤侵蚀，有效地保证有种有收，与传统农业相比，增产效果在 9％～34％。

目前中国大多数地区仍处于传统的耕作模式下，作业次数多，地表水蒸发，破坏了土壤的生理机构；土壤过度耕作，劳动力需求大，生产成本不断增加居高不下。我国不到世界 10％的耕地，氮肥使用量却占世界近 30％。农产品化肥农药残留严重，秸秆焚烧污染大气环境。裸露地表水土流失严重，表层土壤流入河道形成大面积河道淤积，导致农业灌溉系统遭到严重破坏。过度耕翻使土壤表层形成细小粉尘，在没有覆盖条件下极易被大风扬起，由此形成北方地区大面积"沙尘暴"。

未来 10～20 年，中国的保护性农业将会有一个大发展，会对农业可持续发展产生积极的促进作用。中国发展保护性农业已势在必然。

萨斯喀彻温农业合作社

萨斯喀彻温省人口 100 万左右，绝大多数加入了不同类型的合作社。目前，萨斯喀彻温省合作社数量就达到 1306 个，成员数达到 112.2 万，交易额达到 70 亿加元，资产总计 100 亿加元。加拿大合作社之所以备受青睐，关键在于在市场营销、生产资料供应、金融、技术和信息等经济服务方面，合作社发挥着不可替代的作用。

加拿大行业协会组织，与农业相关的生产、食品加工、流通等各个领域都有存在。合作社领导人就是家庭农场主，且必须获得大多数家庭农场主同意才能当选，从而保证始终如一能够代表大多数农场主利益，成为农民不可或缺的组织。在加拿大，农场主可自愿参加一个或几个协会，也可以发起组织新的协会。

开拓市场和提高谈判能力

20 世纪初，谷物生产在加拿大西部开始时，农户面临销售问题。通过成立农民谷物营销合作组织，如 1906 年的谷物种植者谷物公司，1926 年的萨斯喀彻温小麦协会与农户合作组织促使私营谷物买家之间开展竞争，谷物营销合作组织营销利润作为红利返还给农户，或者再投资到商业活动中。

1935 年加拿大小麦局成立，营销小麦、燕麦和大麦。20 世纪 60～70 年代，加拿大牛奶、禽蛋、黄油、奶酪等产品价格大幅度波动，农场主组建了生产者营销局。在提高农场主市场拓展能力方面起到明显作用。20 世纪 80 年代，萨斯喀彻温建立了"供应管理

系统"，进一步扩大市场营销局权力。该组织可依据成本进行生产定价，运用关税和配额等手段进行边境保护，给生产者生产配额，根据公平原则向生产者收费建立基金等特权。

现在全省有115个家畜养殖合作社，这些合作社总共有大约4600个成员。单个养殖者购买饲料获得稳定的饲料来源比较困难，而加入合作社后，以合作社名义集体寻求饲料供应商并与之谈判。这样不仅可以稳定饲料来源，而且由于购买批量较大，价格也相对较低。

代表会员利益与政府部门对话与沟通

合作社组织反映农民呼声和要求，争取两级政府不断出台有利于农业生产和农业社区发展的政策和资金支持。如联邦政府近年出台"农场收入保障项目"、"稳定净收入帐户项目"等政策，就是应加拿大农民联合会要求出台的。

实行行业自律，协调生产与流通秩序。如牛奶、肉鸡、鸡蛋、火鸡、种蛋五个产业，属于国家限制和控制进口特殊产品，目前实行最严格的行业管理方式，生产配额分配、市场供应、产品定价、与收购商谈判等，都由农民组织的专业营销委员会统一负责，在维护市场秩序同时，切实保护了农户和加工商的共同利益。同类产品家庭农场组织起来，共同对外营销谈判，形成更大市场规模。

提供技术、金融、信息服务

合作社是加拿大最重要为农民提供技术、信息和管理服务主体，具有非常强的服务能力。由生猪养殖者建立的萨斯喀彻温猪肉局，每年预算经费是 190 万加元。其中有 25% 用于支持研究与开发，10% 用于政策与发展计划方面的开发，7% 用于信息交流。萨斯喀彻温大豆种植局，1984 ~ 2005 年一共收取运转费用 550 万加元，其中 65% 用于研究与开发。萨斯喀彻温大豆种植局准备投资 300 多万加元在萨斯喀彻温大学建立实验室。

萨斯喀彻温省一共有 343 个信用合作团体为成员提供资金服务。作为金融服务需求方，成员在加入合作社后，能更便利地获得资金支持。本省有小企业创新基金和新一代合作社创业基金。这两笔基金通过担保和利息补贴方式为合作社提供资金支持，加拿大政府为此出台政策：对于合作社成员，如因为经营风险导致还不了贷款，政府财政将为其偿还贷款的 25%。

合作社直接为农民提供生产、加工、销售、出口等各个环节的服务，包括信息咨询、法律帮助、技术引进、示范推广、新品种测试、教育培训、经济合作、对外联络、农资购买、产品运输等各类服务。总之，农场主遇到问题，基本都能通过合作社给予解决。

为农村社区提供生活服务

萨斯喀彻温省地广人稀，商业机构不愿意进入人口稀少、交易成本高的乡村，为获得日常生活用品，农民组建了零售业合作社。目前，萨斯喀彻温省零售合作社有 183 个，成员数达到 27.5 万人，销售额达到 19 亿加元。合作社对加强居民之间交流具有很好作用。萨斯喀彻温省有 120 多个幼儿看护合作社，成员数达到 8000 个，为农民提供很好的家庭服务。本省娱乐合作社达到 204 个，成员达到 12 万。虽然这类合作社营业额并不高，只有 3000 万加元左右，但对乡村来说，是居民重要的活动场所。

天鹅农场附近的凯维尔社区中心，所拥有室内游泳馆、篮球场、溜冰场等体育娱乐服务项目，就属于农民集资组建的合作社形式。但随着乡村人口大量流出，这些为农村社区提供生活服务的合作社，已发挥不了应有效果。

农业合作社运行机制创新

20 世纪 90 年代以后，农业贸易自由化和市场集中度快速提高，农业资本化程度高度集中，政府支持也越来越少，致使加拿大农业发生很大变化。一些传统合作社的内在运转机制开始了适应性创新。萨斯喀彻温省达喀塔小麦合作社是本省最大的合作社之一。为提高竞争力，该合作社越来越注重资本的力量，公司化趋势越来越明显。目前，该合作社已经上市，几乎完全按照股份有限公司模式运转。

新一代合作社具有特征：投资额较大；与成员有稳定契约关系；成员间股权可以相互转让；更加专业化，尤其注重满足特定客户需求；农业机械化程度较高；更注重成员关系协调，为成员提供信息并利用成员拥有的信息等。加拿大社会环境非常利于合作社的存在与发展，完备的法律体系，政府有效支持和第三方力量帮助，对合作社的发展具有重要作用。

加拿大农业产业化特征

　　开车行驶在萨斯喀彻温辽阔土地上，映入眼帘首先是宽广的道路。不论繁华城镇还是偏远乡村，一望无际田野上种植的农产品都具有相当生产规模，小麦、油菜籽、豆类、牧草等。种植、管理和收获均是机械化及智能化。收割小麦季节，大型联合收割机在 GPS 导航下在田地里纵横，收割完后立即用输送车辆将麦子存放到地头的储粮罐中。储粮罐是粮食储存专用设备，放置在农场主的田间地头，不锈钢外壳在阳光照射下闪光发亮。

　　家庭农场是加拿大实现现代农业的主体，现代家庭农场必须是规模化、专业化、市场化、组织化、知识化，才能真正与现代农业相适应。

规模化生产

　　加拿大土地资源丰富，资金和技术实力雄厚，劳动力资源紧缺，因此，在发展农业经济过程中，选择了土地、资本和技术密集、以机械作业为主的集约化大农场发展道路。加拿大政府多年来，引导中小型兼业家庭农场向专业化农场方向发展，辅之以先进装备和先进的工程手段，以提高家庭农场的规模化、集约化生产能力。

　　区域性种植业、养殖业。草原三省萨斯喀彻温（Saskatchewan）、阿尔伯塔（Alberta）和马尼托巴（Manitoba）是加拿大粮食主产区，还有牧场及草原，拥有大规模的牛群。大西洋地区各省主要生产饲料作物、马铃薯、蔬菜等，中部地区是全国畜牧业最发达地区。加拿大农业规模化生产，是家庭农场与广泛的农业合作社紧密结合而形成。

市场化经营

　　加拿大家庭农场主有很高的经营积极性，原动力来自于他们是农场主人，农场经营好坏，与个人利益直接相关。家庭农场依据法律规定设立并进行企业登记，按规范的公司制企业运行。农场主与供应商、加工商、运输商、零售商之间的关系，全部按市场规则进行规范，虽然有的产品实行配额管理，但配额分配和转让全部按市场手段进行，农场主是真正的市场主体。

加拿大农场主的各类协会有统筹功能，与家庭农场经营自主权形成一个完整的市场主体，各类协会组织代表家庭农场主与收购商进行谈判确定。农场主们组织的协会、联合会、促进会等各类民间组织，也按市场规则行事，董事会由农场主选举产生，办事机构由董事会聘任职业经理经营管理，不具有任何行政管理色彩。

保护农民利益

加拿大政府不直接干预家庭农场日常经营，主要通过法律手段约束和引导家庭农场向高层次发展。在为家庭农场服务方面，加拿大各有关部门通过多种途径和先进手段直接服务到农场，既建立了正常生产秩序，又在特殊情况下包括自然风险、国内外市场风险情况下，有效维护农民利益。通过政府立法，从制度上形成管理农业和保护农民根本权益的长效机制。

政府对主要农产品或特殊农产品实行特别管理制度，直接干预并避免国内外市场变化对农业和农民利益的影响。如对小麦实行合同式的供应管理，对牛奶、鸡蛋等六种产品实行配额管理等，就是在实行市场经济体制同时，又在特殊产品生产经营上采取有计划的强制性管理，从而建立切实有效的市场秩序，维护生产者利益。政府有计划地为生产者建立各种保障资金，以提高家庭农场抗风险能力。

农业食品行业

农业食品行业是加拿大第二大制造产业，雇佣 291,000 人工，占加拿大制造业 14%，总额约为 833 亿加元。出口额为 310 亿加元。

加拿大农业食品领域是全球佼佼者，也是经济合作组织（OECD）成员中对农业食品应用率最高国家之一（28%）。加拿大研发和实施尖端技术，生产高营养的天然保健产品、创新功能食品以及值得信赖的健康原料。加拿大突破性成绩包括：更健康的棕榈油、亚麻活性制品、燕麦以及大麦葡聚糖、提取自浆果的酚类抗氧化剂、植物固醇、甾烷醇以及纤维类益生菌制品。

食品业：肉制品、奶制品、糕点类、玉米薄饼、水果及蔬菜、大麦、油籽、动物食品、酿酒、糖类及糖类制品、海产品、软饮料及冰水、蒸馏酒、葡萄酒类等。为人们提供安全、美味、营养的食品。

社会化服务：

加拿大对农业产业项目支持，主要根据政府的经济社会发展计划进行，属于政府优先发展领域组成部分就予以支持。政府建立完善的社会支持和服务体系，有比较完备的专门化法律体系。

加拿大农业收入稳定项目（CAIS），是目前加拿大农业最主要的收入安全和商业风险管理（BRM）项目，目的是在不影响生产和贸易情况下，稳定农民收入而不是单纯地向其提供补贴。农民、联邦和各省政府按一定比例向此帐户存入资金。银行和信用组织提供有效的金融服务。农作物保险项目（CIP）旨在保护农民免遭由于气候或其他自然灾害如干旱，洪涝、冰雹等带来的损失。该项目也由农民、联邦和省政府三方共同承担，各省政府具体实施。

加拿大每年农业科研投资约 4 亿加元，占农业 GDP 的 3% ～ 3.4%，在农业科研资金投入方面处于世界领先地位。加联邦农业和农业食品部、各省农业厅以及大专院校都积极参与科研项目，其中，农业和农业食品部下属的科研局发挥了重要作用。它拥有 6 个直属研究所，约 50 个研究机构，在全国各省还设有研究分支。研究机构和大学为农业产业化项目提供大量培训和研究活动。

第二章
加拿大的乡村 ▷▷

加拿大农庄

路途中的加拿大乡村

清晨，田野上淡淡薄雾，空气湿漉漉的，沁人心扉。2013年6月初，我和朋友开车从温哥华到萨斯喀彻温省，沿着加拿大一号高速公路，沿途经过BC省水果之乡奥肯纳根湖区，著名的班夫国家公园，草原省埃尔伯塔和萨斯喀彻温。驱车行驶在加拿大中西部大平原上，一派乡野风光，让人心旷神怡。

公路蜿蜒起伏延伸着，爬上山坡透过车窗向远方望去，山野与树木时隐时现，映着灿烂朝霞像浮动的彩缎漂浮在眼前。遍野绿色的庄稼和牧草谐美地张扬着，生动的色彩勾勒出绚丽的加拿大六月风光。

首先途经BC省奥肯纳根湖区，旅行车拐进了皮奇兰（Peachland）小镇，这是一个美丽幽静的"桃花源"。小城依山傍水，蓝天白云与蔚蓝湖水相映。漫步湖边，湖水平静的没有一丝漪涟。一只小船飘荡在一望无际湖面，水中鱼儿会时不时跳出水面。坐在碧绿草地上，欣赏着美丽湖光山色，宁静时光让人的思维都停顿了。这儿是著名度假区，居民把房屋建在湖边，家家户户在湖边设置有小码头。许多别墅屋主只有假期过来住段时间，每年不仅要交高额地税，还要交水域税，除了房屋维修，还有码头和船只的维修。所以在加拿大，有钱人不住在城市而住在乡村。

下午来到班芙国家公园（Banff National Park）。这是加拿大历史最悠久国家公园，也是第一座国家公园，到处可欣赏到高山冰川、森林草地、湖泊河流以及四季不同景色的绝美落基山脉。班芙国家公园占地6641平方公里，北面是贾斯珀国家公园，西面是幽鹤国家公园，南面则是库特尼国家公园。

当旅行车慢下来寻找加油站时，我看到一头麋鹿在路边张望着，不慌不忙。加拿大的野生动物没有危机感和自我保护意识，它们到处自由自在地悠闲散步。尤其是野生瞪羚，蓝天白云下成群结队在原野田地悠然漫步或撒欢，这里是它们怡然自乐的天堂。突然，路边草丛有一只硕大黑熊在慢悠悠地行走，第一次这么近距离看到黑熊，不由停下车来目送它隐入树丛。人与动物和谐生存是加拿大人自觉意识，潜移默化地融入日常生活中。

这里的土壤太肥沃了。树多，鸟儿就多，动物也多。加拿大人酷爱大自然和动物，野生动物与人们生活很接近，没有人伤害动物，相反人们总是想尽办法保护动物。草原、森林、湿地，里边栖息着大量鸟类，以及麋鹿、瞪羚、野兔、狐狸、加拿大野鹅和野鸡等野生动物。

翻过洛基山脉进入草原省区域，远远看到路边有一杆高高耸起的旗杆，一座中型农场"自销超市"出现在眼前，专门为过往旅客提供新鲜美味的农场土特产。我们一行人跳下车，来到这片精心装饰的农场超市。

超市广场左侧摆放着生满铁锈的农具、车轮，在向游客述说久远的农耕生活；屋顶上摆放了一排疾走山羊，造型鲜活可爱，平添几分草原省庄户气氛；右边是旅客休息区，各种动物模型儿童乐园，成了孩子们的欢乐世界。超市门口有一对农家老夫妻雕像，逼真风趣，似乎在向人们讲述着发生在乡村的古老风情。一个高大黑熊标本立在大门左侧，在向各位进店旅客热情问候。

农场超市直销当地生产的各式各样农产品，蔬菜、水果品种很多。兼出售各种农家自制食品，各种风味果酱和面包，还有各类不同包装的熏肉、香肠等。尽管价格比普通超市贵出不少，可店里产品均产于当地农场、牧场，新鲜地道的风味特色深受游客欢迎。超市柜台晶莹通透，市场里没有高档豪华装修，可田园风光扑面而来，让人有一种亲近大自然的感受。

来到食品区，各款加工好的食品散发着诱人香味。淋有奶油的新鲜水果，茶点三明治搭配当地特产烟熏三文鱼，抹着鲜奶油的英式黄金葡萄干松饼和草莓干，以及酥脆小点心、樱桃巧克力挞、松露巧克力、郁金香挞配焦糖、清新柠檬挞、芝士蛋糕以及新鲜制作的黄油饼干。还有免费让人品尝的手工酿制蜂蜜，我和小师妹早已忘记下车前"不要乱买东西吃"约定，每人选了两种美味甜点带上车。田家大哥为住在萨省的孙子们选了几样农家特品，做为爷爷的"见面礼"。

近年来，北美各地迅速兴起的农夫市场和农场超市，给加拿大农民带来新的销售渠道同时也带来稳定收入。现代社会消费者对新鲜、天然、健康农产品日益增长需求，也是促使农夫市场和农场超市蓬勃发展主因。

加拿大的乡村景色独一无二。这里有着中国青藏地区的湛蓝天空和洁白云朵，却没有高原特有的苍茫和荒凉；有着同欧洲田野五彩缤纷般的色彩和辽阔牧场，可没有千百年历史古老小镇和薰衣草的芬芳；有着非洲大地类同原始生态和丰富物种，但没有荒原野性和严酷竞争的生物世界。

萨斯喀彻温原野在加拿大也是独特的。没有BC省的原始森林和峻峭雪峰，及维多利亚岛由太平洋暖流拥抱的宁静海湾；比不上阿尔伯塔省南部牧场辽阔和班芙国家公园俊美，还有北部林立密布的油田钻井；没有曼尼托巴省如珍珠般撒布遍地大小湖泊，和北半部茂密的灌木丛林；也没有安大略省秀丽无比"千岛湖"景色，和肥沃土地上生长的果树、葡萄园；更没有魁北克省古老法式城镇和东部海洋诸省便利的港口码头。而这里拥有可耕土地，占据了全加拿大可耕土地总面

上：湖边风光
下：食品柜台

加拿大的乡村 ▷▷

积近半，优质小麦、油菜籽和各种豆类在全球享有盛誉。拥有世界上所剩不多的珍贵土地和丰富能源、矿产资源，还有刚刚起步且蒸蒸日上的经济腾飞。这块土地上的子民淳朴善良，勤劳智慧，正在这块希望田野上，孕育着人类美好的梦想和期望。

在加拿大乡村，我寻觅到了久违来自内心深处的感动。大自然神奇杰作温柔而有力地冲击着人们视野，令人流连忘返。质朴纯情的乡村，让久违大自然的都市人们有了回归的向往。这是人类发展的必然，不可逆转。

查普林钾矿自然博物馆

一号公路进入萨省境内中西部,路边有一个村落叫查普林(Chapliu),路人每次过往,都会看到公路边上这座白花花的钾盐矿。紧靠公路有一座小型精致的钾矿自然博物馆,供过往路人参观游览。

钾肥是农业生产中不可缺少的珍贵资源,加拿大萨斯喀彻温省,是世界著名的钾盐盆地和全球最大的固体钾盐矿床集中区。储量和基础储量占世界总量的53%,每年钾矿出口量和产量占据世界钾矿出产量1/3以上,也是中国钾肥主要来源之一。

萨省钾盐资源共有1230亿吨。随着世界钾肥需求量的增长,近年萨省钾资源已成为世界投资热点,目前萨省钾资源扩建和新建项目共有14个。萨省政府拥有、授予并管理本省矿产权,但不参与勘探和开采该省矿产的经营活动。政府与企业各负其责,省政府只有发放矿权的权利,只有获得矿产权者才可进行矿产勘探和开采。矿产权者三年内需投入300万美元,才能拿到租赁权,租赁最长时间是21年。

截至2012年4月,有181个钾盐采矿权和租赁权证发出,总权证钾矿产面积440公顷。而萨省钾资源矿产面积是438万公顷,从这一数据看,萨省政府所属的钾资源矿产地权证已基本发放完毕,只有原住民部落所属钾资源还处于一手状态中。目前,有三大公司在萨省生产钾盐,分别为加拿大钾肥公司(PCS)、美盛公司(Mosaic)和加阳公司(Agrium)。

有中资背景的加拿大钾肥公司,拥有34个地下矿物勘探许可区,覆盖矿区面积超过170万英亩(近7000平方公里),是省内第二大钾碱矿勘探许可区。经认定该矿区矿石钾含量品位高达20~35%(K2O),钾碱矿产资源量超过300亿吨。其钾矿储量大、埋藏浅、连续性好、无变形，利于开采；且矿石含量高、品质纯，经济价值高；此外，矿区气候温和、地势平坦、交通及能源基础设施完善，人力资源丰富，经济环境稳定。预计未来 5 年，加拿大钾肥公司将投入 100 亿人民币，建设年产量达 200 万吨的钾肥工厂，年销售额将超 10 亿美元，到 2020 年，钾肥年产量将提升到 600 万吨，复合肥超过 450 万吨，并继续滚动投资，使得钾肥年产能到 2025 年超过 1000 万吨。

钾肥是农业生产食粮，对绝大多数农作物生长都有明显增产效果。同时，钾元素又被称为"高级营养素"，能有效提高农作物品质。世界上有超过 150 个国家消费钾肥，但世界钾盐资源却集中在少数国家。加拿大、俄罗斯和中东地区占全球总储量的 90%。主要消费国中国、美国、巴西、印度和东南亚国家的消费量几乎占全球总消费额 70%，但是这些国家钾肥产量占全球产量不到 20%。随着农业生产技术提高和农产品增产，中国对钾肥施用量逐年增加，而全国各类土壤都存在不同程度缺钾现象。从 2011 年钾肥消费数量来看，中国钾肥整体需求对外依赖度为 49.86%。依照目前约 700 万吨的年需求水平，缺口部分 350 万吨主要依赖进口。

加拿大 300 万吨／年氯化钾项目（中钾项目），是 2010 年胡锦涛主席访问加拿大期间签署的 14 个两国合作项目之一。钾肥（氯化钾）作为一种重要肥料，对中国粮食产量有着非同寻常的意义，中国农业大学在全国 10 个省份对水稻的钾肥施用量和增产效果进行实验表明，按现行施肥标准，每亩多施用一公斤钾肥，可增产 4～6 公斤粮食。而我国钾盐（提取钾肥的矿物原料）资源严重不足，2010 年国土资源部确定钾盐为我国紧缺的 8 种大宗矿产之一。中国钾盐储量只占世界总储量 2.36%。我国钾资源主要集中在青海察尔汗盐湖和新疆罗布泊盐湖，两个矿区开采量已接近极限，再过度开发，将面临资源枯竭危险。加拿大300万吨／年钾盐项目建成，对中国粮食增产和农民增收都有着巨大价值。

钾碱以自然状态存在于钾盐岩石或地下盐湖含钾盐溶液中。目前，世界上天然钾盐矿藏仍主要用干式竖井采矿法，在地表下几百米深的矿床上，使用炸药或切割方式开采粗盐，然后通过竖井输送到地面工厂进行处理。湿式溶解采矿法在几十年前开始使用，这种方法适用于那些用干式竖井采矿法无法开采的钾盐矿藏。通过较深的钻孔，用淡水溶解矿藏中易溶解的钾盐，并将含钾溶液抽回到地面大容器中。将热溶液冷却，使得氯化钾结晶析出。位于查普林（Chapliu）这座钾盐矿，仍是采用传统干式竖井采矿法，也是加拿大巨大多数钾矿企业采用的开采模式。

博物馆用小型电动模型仪，演示了钾矿开采全过程，让参观者有亲临其境的感受。博物馆除了对钾肥开采讲解之外，还用相当多展览空间，生动逼真地模拟展示当地的生态环境和生物物种的生活状态。

当地湿地生态体系生活着众多昆虫、鸟类和小型动物，那只栩栩如生的白狐狸标本让我久驻观看，真是一只大自然体系中的美丽"精灵"。查普林钾矿自然博物馆虽然规模小，可内容十分丰富，充分展示了加拿大钾矿宝贵的自然资源，生产与加工。我们这几位过路的华人农场主，刚走进这座小型博物馆，一位义务讲解员就马上迎上来为我们讲解这座钾盐矿的历史文化、地理地貌、生物种类。原来这是一家民间组织募捐建立的"盐矿自然博物馆"，附近这座钾盐矿是主要捐助者。临走小师妹也在捐助箱里放了捐款，以后会带更多的华人到此参观，了解加拿大盐矿资源的开采情况。

小镇餐馆的中国女人

奥格玛（Ogema）小镇，离萨斯喀彻温省会里贾纳南约 115 公里。当我 2011 年春天来萨省看农地路过，第一眼就喜欢上这座宁静小镇。小镇建立于 1912 年，现有人口 320 人。

一百年来，小镇的格局和格调依旧未变，始终保持着那份纯朴静谧。主街上汇聚了超市、银行、市政厅、邮局、餐馆、二手店等社区基本设施。原火车站始建于 1912 年，后来随着乘客量下降火车站倒闭，2014 年改建恢复了乡村旅游火车运营，游客乘坐装饰一新的老式蒸汽火车，沿路观赏加拿大辽阔草原独特风光。小镇学校始建于 1919 年，约有 100 名学生入学。当我第一次看到校车拉着稀稀落落几个学生驶入小镇，就对地广人稀的萨省乡村学校感到好奇，农庄距离小镇非常远，怎么保证孩子按时上学？后来了解到，不管辖区内的农庄距离多远，校车都会每天接送农庄孩子上学。

从进入小镇那一刻起，你就会感觉时光倒流。这里的街道建筑、二手店家什、当地物品和食品无不洋溢着浓浓地历史韵味，小镇居民依然演释着当时的生活。不同只是可以使用信用卡付账，岁月仿佛凝固在这里。

天鹅农场所属的 70 社区中心也在奥格玛大街上，位于镇上餐馆对面。每次到奥格玛办事，都喜欢慢行在小镇上左顾右看，我尤其喜欢这里的二手店，里面收集着许多古董、旧物，让人体味那种怀旧中的愉悦心情。2011 年春季第一次到奥格玛，就是在街中心餐馆吃的午餐，一边细嚼慢饮一边看着街上不多的行人，至今对这座风雅怡人的餐馆记忆犹新。

再次来到奥格玛，听说餐馆老板换成一位中国女人，我和小师妹便好奇地走进来看望这位老乡。一位五十岁左右风韵犹存的华人妇女，热情地打着招呼迎了出来，身后是她正在读中学的女儿。我随着当地华人朋友也称呼她：金大姐，其实她比我小了好几岁。金大姐是来自浙江的萨省企业家移民，丈夫留在国内工作，她带着女儿在萨省生活。为满足企业家移民条件，经朋友推荐买下这个小镇餐馆。金大姐几乎一句英语不会说，但她照样在此开餐馆，"一边比划一边说呗"，说完她自己先开心地笑了。金大姐性格爽快开朗，做事干净麻利，这座小镇餐馆被她打理得干净利落，一进门就让人感到温馨和舒适。

奥格玛只有这么一座正式餐馆，小镇居民和周围农民闲暇时常到此聚餐聊天，由此餐馆又成了小镇公共活动场所。金大姐说：常会有各种聚会和活动安排这里。有些镇上退休老人更把这里当做"看人"场所，经常会看到一、二位老人坐在窗前餐桌上，点一份简餐、要一杯咖啡，然后默默地坐着，慢慢地吃喝。看着街上的行人，有时遇上熟人打个招呼，就这样安逸地度过一天平静时光。确切讲，餐馆汇集了小镇老人往事如烟的记忆，记录着小镇平凡生活点点滴滴，装载着小镇人们情感与寄托，餐馆是不可缺少的社区设施。

朋友都说我来萨省做农场主不容易，我觉得金大姐在奥格玛开餐馆更不简单。我最敬佩的生意人就是餐馆老板，开餐馆要每天应对各式各类顾客，满足各种各样餐饮需求。我这辈子异想天开做过各种生意梦，唯独没想过开餐馆。

金大姐居住在里贾纳城区，每天往返两个多小时到小镇打理餐馆。周末、假日客人多的时候，她便常常住在餐馆里，购物、备货、清洗、制作、接待，有时，女儿在课余和假期帮餐馆做服务生，平时这些活儿都她一个人完成。金大姐仅会几句英语单词，不知道她是如何应对顾客？她也请过当地西人做餐馆雇员，由于语言不通、习惯与理念差异，几次均以不快而告终。说着，金大姐拍着手笑一笑又去干活儿，好像这些不快完全与她无关。

这次回天鹅农场，我和小师妹特意来奥格玛看望金大姐，还在餐馆吃一顿中式午餐，亲眼目睹了她的勤劳和操作娴熟。金大姐看到我们也非常高兴，一边聊天一边接待着客人。当天能做的几道餐式醒目地写在吧台上，让客人一目了然，不用再用语言沟通。接单后，她递过来一杯热腾腾咖啡让客人喝着，一边走进厨房加工餐食。不一会儿端出套餐托盘来，早已备好的食物略加工就可以食用，放下托盘又接应后来的客人。此时，舒缓轻柔的怀旧音乐与精致简约的餐馆环境非常协调，就餐老人在餐桌边静静地坐着，面带微笑。

金大姐有条不紊按自己套路工作着，没有一会儿空闲也看不出一丝忙乱，看得我打心里佩服。她告诉我们，今天中午还有一个大聚会要在餐馆举办，客人马上就到。金大姐想下班后一起到天鹅农庄认认门，也是难得的近邻和朋友。我们答应她下午再来。

下午忙完事情，我和小师妹又回到小镇餐馆。客人已经离去，金大姐一边哼着歌儿一边干着活儿，显得轻松快乐。当述说以后打算时，她说：眼看餐馆两年经营期过去，她已完成移民条件，女儿也到外地读大学了。她开始考虑餐馆的转手和合作，不想一个人就这么做下去，尤其希望有英语沟通能力的小师妹能过来帮她。再增加一些餐饮项目，两个靓丽活泼的中国女人一定能把餐馆做得更好，金大姐信心满满地说。

她说：生活久了，已经习惯小镇的宁静与单纯，忙碌又轻松，回到城里不知该如何打发闲暇时光。

上：快乐的金大姐
下：奥格玛小镇

嫁到加拿大乡村小镇

"大姐，你长期在海外生活，你说嫁到加拿大的中国女人能幸福吗？"当听到电话里传来这句问话时，我半天没有回答，实在无法用几句话表述清楚这个复杂问题。"咱们见面再慢慢聊好吗？"我最后说。

电话那头的珍女士，是我一位未谋过面的朋友，只在网络和电话里聊过天。我知道她是长春市单身女性俱乐部（婚介所）的老板，也是一位刚嫁给加拿大男人的中国新娘，正在办理结婚移民加拿大相关手续，不久就可以登陆加拿大。这次在北京期间，我接到珍女士电话，她到北京迎接前来探亲的"洋"丈夫。想约时间到我家里见面，就中加两国涉外婚姻情况进行交流。电话里的珍女士快言快语，把其公司涉外婚介业务，及她与洋丈夫相识经历给我叙述了一遍。

珍女士的单身女性俱乐部，主要做涉外婚介业务，简单说就是把中国女人嫁到国外去。她的会员大部分是离过婚，经济条件和文化程度都不太好的北方女人。这种离婚带着孩子的中年妇女，在国内很难找到能够托付终身的男人，即能够满足自己和孩子衣食住行基本需求。而国外有一些各方面条件不算好的中、老龄男性，喜欢到中国及亚洲国家找这种年龄不轻，文化程度不高，经济条件不好的新娘，嫁过去后没有非分之想，能够踏实跟他们过日子。

对这种各取所需的涉外婚姻我投赞成票，因为此举对本人、对家庭、对社会都有益。

2011年秋季我在萨省，遇上一位嫁到萨省乡村的中国女人。那是我和朋友往萨省北部查看农地路过一个小镇，朋友告诉我：在这个小镇里，有一位从中国东北嫁过来的中国女人。他上次到这里察看土地，在小镇街上一家小卖部购物，无意中遇到这位来自中国的杂货铺老板娘。这位老板娘见到老乡非常热情，一直不停地说话，临走时还把电话号码给了这位朋友，让他有机会帮她联络几个住在当地的中国女人，闲暇时可以在电话里聊聊天、说说话。

多年来，我在工作之余做婚姻家庭心理咨询师职业，移民温哥华以后，也接触不少涉外婚姻案例。想就中西结合的婚姻家庭真实状况做一些深入了解，以便能够更客观地提供咨询建议。这位老板娘通过朋友牵线，很快给我打来电话。我们在电话里交流很久，她坦诚地谈到自己嫁到加拿大亲身经历和对现实婚姻的感受。

她是东北人，不到四十岁，高中文化，离婚后带着一个读高中的儿子，靠自己做小生意维生。她说自己这种条件的离婚女人，在国内很难再找到条件合适的丈夫，儿子读书又不行，凭她个人能力给儿子找不到好工作。经女友们鼓动，她到家乡一个涉外婚介所登记缴费，希望能嫁到国外，最好能嫁到美国、加拿大这种西方国家。只要能把自己和儿子带到国外，至于男方的年龄、长相和经济条件都无所谓。她的不少姐妹们都是这样嫁出去的，有的已经拿到国外身份，很令她羡慕。她说自己挺幸运，很快照片便被现在这位加拿大丈夫看中，男人便从加拿大来中国和她见面，当时就确定了婚姻关系。

她嫁到萨省这个北部乡村小镇已有两年多，没有回过中国。丈夫是一个近六十岁的当地农民，离婚后手头没多少财产。在小镇开一个杂货铺，离家不远，原来由他大女儿看守，丈夫还在附近镇上开有一个餐馆。她嫁过来后，这个杂货铺就交给她看守，丈夫和女儿专心经营那家餐馆。她说男人对她不错，结婚后很快把她和儿子身份都办到加拿大，日常生活费用也可以满足。她最高兴是儿子能够到加拿大上高中，这是她过去做梦也没有想到。尽管现在儿子学习成绩仍然不好，但不用再担心他将来没有工作，这里的年轻人只要学会一门技能，就有一份不错收入。做母亲最盼望是儿子能有个好前程，至于其它没有过高要求。

当谈到与丈夫的日常生活和语言交流时，她说：当初她到婚介所登记后，就开始上课学习英语日常对话。嫁过来后通过几年生活交流，现在日常对话已没有问题。但和丈夫没有更深的沟通，也就是平常吃饭、睡觉那些事呗。只是小镇上人很少，当地电视广播听不懂，时间久了觉得日子过得挺沉闷，特别想和中国人聊天。当她在电话里听说我做过涉外婚介所顾问，便兴奋地告诉我：希望能通过我们牵线搭桥，把更多像她这种情况的姐妹们嫁过来，当地乡村有不少单身男人，很难在当地找到老婆，他们喜欢娶中国女人，既年轻又能干活，还会过日子。将来嫁过来的中国女人多了，相互间有更多来往和交流，自己就不会这么闷了。

电话里，我邀请她有时间到天鹅农庄来玩，这里有不少中国人，也有几个中国女人。但她说自己不认识路，只是定期跟着丈夫到里贾纳进货时，在那里的商店转转买些日用物品。其它地方都没有去过，杂货铺天天要开门营业，离不了人。她一再要求我下次路过她居住的小镇时，提前通知她，到她家杂货店里坐坐。

记得当时放下电话后，我久久地望着窗外一言未发。

这些年，见识过不少国内外华人的离婚事例。随着中国社会经济发展伴随而来是伦理道德的缺失，许多家庭遇到严重的婚姻困扰，特别是女性。现实生活中的中国女性仍然是社会弱势群体，变革时期由于种种原因，许多女人跟不上时代发展，有些连基本生活保障都无法满足，这类女性更需要家庭婚姻的保护。做人首先要满足衣食住行基本需求，其次才是精神需求。

　　无法用生活幸福来评价这位嫁到加拿大乡村的中国女人，她对目前婚姻生活感到满足，已经很不错，不是吗？我认为婚姻可以分为不同的层次需求，满足日常生活需求，平平安安过日子，是婚姻第一也是最基本需求。中国民间流行的"嫁汉，嫁汉，穿衣吃饭"，就是对这种初级婚姻的真实写照。这种婚姻既不同于一见钟情，也没有多少爱情色彩，在经济文化低下的传统社会里，也是大部分人婚姻的现实状态。

乡村农舍

萨斯喀彻温省第 70 社区

加拿大社区中心为本区居民提供众多项目服务，包括足够的住房、商业和产业区，就业比例稳定，以确保社区居民高质量的生活。每个社区中心，都设有社区委员会，委员会成员从当地社区选出。这些人往往有较高的社会地位，例如：某协会组织成员等。能够反映社区居民意愿，有较高管理水平，对本社区发展有长远看法。

社区中心还有管理层，一般由一名主任、两名副主任、一名出纳、一名秘书和执行主任组成。社区中心职员包含全职和兼职两部分，全职职员少。像萨省第 70 社区这种小型社区，全职人员更少。当社区有较大活动时，更多是兼职人员和志愿者参与。社区中心为更好地服务社区居民，在选择员工时会考虑种族、性别搭配，以方便与居民沟通。大多数社区中心收入主要来自于捐献、政府赞助，如补贴、拨款、授地等，也有项目收入、投资收益等。政府对社区中心的财政支持，只为全职雇员提供薪水，可以无偿使用公共设施。

萨斯喀彻温省第 70 社区位于萨省南部农业区，我的天鹅农庄就在此辖区。由于居民不断外迁造成社区人口大量减少，许多配套服务设施因没人使用和管理而荒废。包括建在凯维尔的社区服务中心，当时居民集资一千多万建起的游泳池，最红火时连里贾纳居民都到这里游泳。近几年居住人口锐减，导致经营无法继续而歇业关门。当社区主任杰克（Jack）和夫人玛丽亚（Maria）打开关闭已久的大门时，我才意识到当地社区维持为居民服务的困难境况。

与社区主任杰克的相识纯属偶然。当时，我向 70 社区中心递交购买凯维尔闲置土地申请时，社区秘书说：下周就有一次社区委

室内篮球场

员会办公会议，可以讨论审核我的申请，能否通过会给一个准确答复。她给了社区主任杰克的电话号码，希望我们通过电话与杰克沟通有关事宜。非常理解社区管理者的心情，当地人都无法做的事情，一个初来咋到中国女人如何完成？不出所料，小师妹给杰克打通电话，电话另一端传来男性老者严肃认真地询问。当小师妹表达希望和他当面交流时，被杰克委婉地拒绝了。不达目的誓不罢休。我的倔犟被挑了起来，马上开车到凯维尔，按照社区秘书给的闲置土地复印图，对照察看地块现状。

　　此时，正值傍晚时分，晚霞为村庄披上一层绚丽锦缎。我站在村子最高端齐腰深的草丛中，久久地望着这片美丽寂静的村落。几片小湖、一条小路、许多人去屋空的旧房子，那座屹立了百年的东正教堂，在夕阳里别有一番动人清韵。

此时，从高坡旁居住的一家居民屋里走出来两位老者，向路边小师妹询问我们是何方人士？一会儿，小师妹招手让我过去，介绍说：这两位就是社区中心主任杰克和夫人玛丽亚。真是"无巧不成书"，不知道社区主任就住这儿，更没想到邮局旁边这栋红顶房屋就是他们的家。玛丽亚热情地招呼我们到家做客，见面交流后，大概杰克也看到两位中国女人的朴实善良，语气缓和了许多。说到最后，两位老人显然被真诚所打动，当即就带我们去社区服务中心看房子。

杰克打着手电筒，打开社区服务中心关闭已久的大门。当灯光照亮屋内，我被这座标准的室内篮球场馆震慑，这栋外表简易的社区服务中心，其内部设施相当不错。室内篮球场同时也是灵活又集中的活动场地，桌椅摆齐后可容纳百十号人的中型会议室。旁边与餐厅相接，另一边延伸出一个尚未启用的溜冰场馆，二楼还有几间办公室和小型会议室。紧挨社区服务中心那栋弧形屋顶大屋子就是游泳馆，尽管里面已没有随时开启的灯光，杰克还是打着手电筒，带我们把整个游泳馆看遍。

这对可爱的老夫妇，一边带我们察看，一边介绍昔日这里的繁华和热闹，依稀可听出他们对过去岁月的怀恋。当看完社区服务中心分手时，我们和杰克夫妇已成为熟悉的朋友。杰克郑重告知：这栋社区服务中心房产属于公共财产，不能出售，但可以长期租用。只要能让服务中心重新启动，为居民提供活动机会，租用条件好商谈。游泳馆是股东集资建成，如出售需要按协议书程序进行表决，许多年过去，不少股东已很难通知到位。但租用不受限制，使用起来总比闲置着好。

看完凯维尔社区服务中心，又逐一察看小镇闲置土地现状，大

人烟稀少的 70 社区

108 | 109

加拿大的乡村 ▶▶

都是过去居民的房屋住宅地，荒废多年已成废墟。即使有保留下来属于私人产权的老屋，大部分也不能居住，只有个别屋主每年会回来住几日，照料修缮一下老屋。那天碰巧遇上一位老人正在老屋门前忙活，小师妹过去和他聊天，老人说：他们已搬离这里十几年，年纪大了住在城里生活方便。但他每年都会回来，在老屋住上十天半月，看望留下来的邻居，维修一下破旧房屋。这是奶奶留下的老屋，在这里养育过几代人，他也在这儿长大。孩子们都已不再回来，但他仍会年年回来看望，直到有一天走不动为止。

加拿大乡村和中国乡村有着相同之处，市场经济发展使农村人口大规模向城镇迁移，小型家庭农场向集约化大农场转移，空置乡村留下来的几乎都是老年居民，这是农业高度现代化、机械化发展结果。

又不同于中国乡村的留守老人、妇女和儿童，这里许多农民依然保留着乡村产权。当有一天他们或后代厌倦了城市，会随时回来开始新的乡村生活。这些年来，加拿大越来越多人选择休闲农庄，回归田园，回归自然。也有像我这样的移民，把本国无法实现的"乡土梦"选择在加拿大实现。相信这不是个例，是人类的自然回归。其实，人类释放压力回归本真，找寻所失去最原始善良、简单淳朴的美好生活，大自然才是最好的归宿。

埃文利乡村博物馆

　　埃文利（Avonlea）是距离天鹅农场最近一个小镇，也是我们往返省城里贾纳的必经之路。小镇有近一平方公里面积，2011年人口普查时有398人。埃文利有加拿大最基层社区管理机构，如警察局、保险公司、图书馆等。对附近农场主来说，埃文利不可缺少。因为那里有一个相当规模的农机销售中心，农业机械是农场主生产的必需工具，有点毛病出点故障需要零配件，能够近距离解决对当地农民实在太重要了。特别是农忙季节，时间就是收成，机器爬窝是最闹心的事情。

　　不仅是购买车保险、房屋保险，天鹅农场的日常所需我们也都在埃文利购买，一是顺路方便，二是喜欢这个小镇。随着加拿大乡村不断萎缩，留下来的小镇越来越少，能够保留下来的大都具有经济活力，埃文利就是其一。埃文利地理位置居中，交通便利，四通八达，我相信它一定会兴旺发达，成为周围乡村的经济文化中心。

　　加拿大的乡村博物馆几乎遍及全国各个村落，大小不一，形式多样。早听当地居民说起埃文利的"文化博物馆"，在这里可以找到小镇的历史。"文化博物馆"位于埃文利火车站旧址，草原省的小镇、村落兴衰都与太平洋铁路的建设密不可分，铁路线带动周围地区的经济发展，也带来大批移民来此垦荒居住。

　　我和小师妹走进博物馆，一位值班的义务讲解员迎了过来，他是年轻的当地居民。这是一座在旧火车站原址再建的乡村博物馆。展示了该小镇19世纪后期的风貌，有具有历史意义及特色的原有建筑模型，有小镇各居民家庭捐献的历史文物和家庭用品。在这个小小乡村博物馆中，丰富实物与逼真的人物模型相配合，显现了 19 世纪后期的村镇小社会，英裔加拿大人男耕女织的家庭生活。是现代人体验一百多年前加拿大草原省乡村生活的好去处。

博物馆里摆设着许多乡村家庭使用过的生产工具、家具、生活用品以及民间艺术装饰品等。一座浓缩的旧时火车站，有候车室，有等候坐车的乘客，周围是警局、邮局、银行、餐厅、面包房、学校等社会机构。

有趣的还有一个因犯人铁质牢笼被保留下来，向后来者讲述当时社会治安情况。一楼展厅展示着小镇比较富裕的一个家庭生活场景，这是一户中产阶级人家，有卧室、客厅、餐厅、起居室、书房和一间儿童活动室。里面家具尽管挺普通，但具有那个时代的设计风格，儿童活动室内有一架古老的钢琴。女主人模型身穿 19 世纪服装，在起居室悠闲地做针线活，一脸的恬静。据讲解员介绍，当时的社会经济状况，一个家庭仅靠男人工作或耕作养不活一家人，女人都必须在家中作一些手工活贴补家用。有的女人还去村中的邮局、咖啡馆、旅店当职员或做裁缝。

当走进这个博物馆展厅，仿佛在眼前出现了上世纪加拿大乡村的场景。在村中土路上漫步，看见有的男人带着草帽在烈日下犁地，有的在锯木厂、奶酪厂工作，有的在铁匠铺干活。一些少年跟着师傅们学手艺，如制鞋、制做扫帚等。可看到陈旧甚至有些腐朽木板围起的牧场，壮实的牛马在里面悠闲吃草，田里庄稼和路边青草散发出清新气味。马车驶过的土路上扬着尘土，推开农家小院木门，小菜园里种着大葱、胡萝卜、土豆、玉米，家狗、鸡群在院子中窜来窜去，身穿束腰、裙撑长裙、头戴打褶布帽的女主人在窗前做针线活。宛若置身于一个 19 世纪英国村庄，耳中聆听着清脆马蹄声和五禽六畜的鸣啼，会让过惯都市生活的现代人领略时光沧桑，感到心中一片宁静。

展览馆用相当面积，存放了一百多年来小镇的光荣历史。有小镇体育代表队在各种体育比赛中获奖的奖杯和锦旗，有各个时期代表队运动员的合影照片，还有他们使用过的体育器械、球类等。从照片上可以看到农民运动员的矫健身姿，面带微笑地围在一起为胜利庆贺。

还有一大面墙壁上摆满各年代的军人照片，讲解员特地为我们讲述小镇村民参军参战的辉煌历史。19世纪末加拿大独立后，一支训练有素的加拿大军队随即成立，当时宗主国英国对加拿大内部事务拥有很高影响力。因此，英国参加第二次布尔战争和第一次世界大战时，加拿大自动派出军队协助英军，在第二次世界大战中英国又得到加拿大的帮助。二战以后，加拿大开始信奉多边主义，只参与非单边的军事行动，比如朝鲜战争、海湾战争、科索沃战争和阿富汗战争。加拿大在联合国维和任务中扮演了重要角色，它出动部队人数比其它国家都多。

尤其在1939年9月初，第二次世界大战拉开帷幕。在英法对德宣战一周后，加拿大政府对德国宣战，作为一个约为1150万人口的国家，加拿大共有110万人参加二战。据官方记录，这些人中共有42042人献出了生命，55000人负伤。这是一段让加拿大人至今引以为傲的历史，讲解员指着墙壁上一张张年轻脸庞，述说着当时发生过的战争。他指着其中一位年轻驾驶员照片说：这是一位参加过二次世界大战的加拿大空军驾驶员，现在就居住在小镇养老院，已是九十多岁高龄了。我和小师妹禁不住好奇地问：我们能否到养老院探望这位老人？

话音刚落，从外面走进来一位白发苍苍的老者，由一位中年人

上：小镇博物馆
下：义务讲解员

二战老军人

陪同到博物馆捐赠物品。讲解员立即兴奋地告诉我们，这位就是你们要探望的那位老军人，他又一次在儿子陪同下，来博物馆捐赠他的二战勋章。眼前这位老者，看上去只有七十多岁年纪，身材不高也不胖，两眼炯炯有神，声音硬朗一身正气，不由得让人肃然起敬。征得老人同意，小师妹与老人家合影留念，老人热情地邀请我们到养老院找他聊天。

每个民族都有属于自己的历史，小镇博物馆是维系历史与现代的桥梁。多少年来，小镇居民自觉地维护着自己的历史，为小镇的英雄感到自豪和骄傲。

博物馆标示

格伦费尔耕读农庄

格伦费尔（Grenfell）是沿着一号公路东行，距离省会里贾纳124公里的小镇，成立于1911年。加拿大太平洋铁路向西扩张，有几百名中国劳工在此生活，并建有中国人的咖啡馆和杂货店，至今仍存。小镇有杂货店、五金商店、服装店、金融机构、木材场、洗衣店、健身中心、美容美发、汽车店和许多其他商店，为小镇居民提供各种服务。格伦费尔也是萨省东南部的农业枢纽，拥有一家大型化工和化肥分销商及农场用品供应店。

萨斯喀彻温有许多这样的小镇。我来格伦费尔小镇，缘于这里住的一位华人朋友，网名：铜豌豆，他是我在网上结识的朋友。2012年冬季萨省遭遇多年不遇大雪，铜豌豆告诉我：他带着上小学的女儿在格伦费尔农庄过冬。在大雪封门日子里，他利用冬季空闲设计一种汉字铜器游戏，让出生在加拿大的女儿，从铜器摆放的文字组合中学习汉字。我也喜欢收藏铜器，共同爱好让我们成了朋友。

铜豌豆在国内是一位建筑设计工程师，移民加拿大后，妻子在加拿大一家保险公司工作，他则做了家庭主男。带孩子同时学习喜爱的园艺设计课程，打算等孩子长大可以从事园艺设计工作，因妻子工作从多伦多调到里贾纳，全家也由大都市搬到草原省。喜欢农庄的铜豌豆，就在格伦费尔附近购买1QT农地附带一栋旧农庄。妻子带着读中学儿子在里贾纳居住，他则带着小女儿住在乡下农庄，过着悠闲自在的田园生活，美其名曰：耕读农庄。

夏季回到萨省农场，铜豌豆邀请我到"耕读农庄"一游。我和小师妹开车来到格伦费尔小镇，铜豌豆在街中心一家华人朋友开的面包店等候。一对来自中国重庆的年轻夫妻，同奥格玛小镇开餐馆金大姐一样，为满足萨省企业家移民条件接手这家面包店。面包店不大，只有4、5个餐台，房间布置的紧凑精致，台布窗帘点缀古香古色。一走进这座英式乡村面包坊，闻到浓郁的烘烤面包麦香味道，不由得让人胃口大开。几位上年纪的当地客人静静地靠窗坐着，店里放着低沉悠远音乐。我和小师妹长途跋涉有些饿，便点了两款面包和茶，在晚餐前面加了一顿英式下午茶。

一座旧式农庄在夕阳映照下泛着金黄色光晕，不一会，铜豌豆带我们来到距离小镇不远的耕读农庄。路口有一座新建别墅，铜豌豆说是一位印第安朋友的家，这块区域只有他们两家为邻。车开到房门口，院子里迎出来两只狼狗，对着陌生人"汪、汪"地叫着。知道是主人带来的新朋友，它们叫声中明显有了几分献宠气息，响亮而不凶猛，很快就围着小师妹打起转转了。

这时，一辆黄色校车停在门口，铜豌豆小女儿放学回家了。铜豌豆说：不论季节变迁，寒暑四季，只要家里登记有学龄孩子，小镇校车都会在上学、放学时间到农庄接送，准确无误。家里要有大人留守，校车司机看到家里有大人才会放心地交接学生。铜豌豆小女儿是一位略带羞涩腼腆的女孩子，冲着客人点点头就进了房间，看得出非常单纯可爱。

耕读农庄是一栋几十年的老屋，已显破落，铜豌豆接手后做了不少维护和修护。这些年来，铜豌豆做家庭主男的同时，也在城里、镇上购买一些破旧房屋，由于这种房屋年久失修已没有评估价值，出售价格特别便宜。经过修缮改造后，可以出租给城镇的低收入家庭，许多是当地印第安人。不少中国移民都喜欢投资这种旧屋，房屋出租收入够交银行贷款利息，拆掉重建时土地大幅度增值。如果正好碰上经济高速发展期，光是土地增值就大赚一把。许多来自中国的技术移民从无到有，由此淘到了加拿大"第一桶金"。铜豌豆夫妻也加入投资旧屋行列，开始属于自己的财富积累。

做好这个生意也不容易。要辛苦打理维修好旧屋，不能让房屋出现安全隐患，还要学会与租户打交道。有些当地的贫困人群素质很差，不但不付房租，还钻法律空子赖着不走。遇到这种租户时，英语不到家的华人新移民往往吃亏。熟悉当地法律，学会与当地人交朋友，是在加拿大做事必须具备的能力。

铜豌豆非常真诚和善谈。他一边和我们聊天一边做晚餐，多年练就的家庭主男本领让两个女人汗颜。他小女儿在餐桌边坐着，静静地听大人们交流。父亲说：在加拿大出生的女儿，可以听懂中文，但不认识汉字更不会书写。他让女儿陪在身边，就是希望在农庄闲暇之余，教会女儿一些汉字和中国传统文化，用心良苦！

第二天吃过早餐，铜豌豆开车送我们去里贾纳机场，路途中我问到他将来的打算。耕读农庄只是一个休闲度假之处，今年儿子考大学离家后，女儿就要回城上学。因为农庄只有1QT农地，土地面积太小，没办法进行种植项目，让人代耕也得不偿失。只能用来做养殖项目，铜豌豆打算养羊，最近想到养羊场参观。当问到能否继续他的园艺设计专业？里贾纳新开发的公寓、别墅楼盘需要花卉栽培，经济发展带来的建筑需求非常旺盛。铜豌豆摇摇头说：萨省劳动力缺乏，劳动成本昂贵，我们华人没有劳动力资源和优势，做不了这种劳动力密集型的产业。

昨天，在网上遇到铜豌豆，问他近况，回答：已离开农庄回里贾纳陪妻女了。与之聊起农庄经营项目，他坚持种植不如养殖理论。"在萨斯卡通西面，靠近阿省边界，有个老外养鹿兼种人参。我一直想去取取经，养鹿比较粗放，越冬也简单。鹿茸取不了，咱取鹿角好了，鹿角每年脱落一次，不用动刀。一头十几岁老鹿，标价4万加币。可我妻子是虔诚的佛教徒，连养鹿都不让更别说采鹿茸了。哎！"

乡村农舍组图：菜园、农舍、庭院

萨斯卡通休闲农庄

　　记忆中的童年，我家就是一个小型动物园。父亲1954年大学毕业，从武汉分配到河南省国营黄河农牧场做一名畜牧技术员兼兽医。由于父亲职业所致，我家居住在饲养场旁边，几姐妹从小就帮助父亲做动物饲养工作，尤其我与动物有着深厚情份，父亲从野外带回受伤的野生小动物都由我照料。记得一次父亲从分场巡诊回来，带回一只翅膀受伤的老鹰，怕它伤没好就跑掉，父亲在鹰腿上系了一根长长绳子。从此我天天围着鹰打转，给它喂食、饮水，它慢慢可以飞起来了，飞到家门口的树枝上休息。再过段时间就彻底恢复了健康，父亲让我把它放回蓝天。

　　放飞情景至今记忆犹新。那天晴空万里，当父亲把系在鹰腿绳索解开后，它试着在地上自由地走几步，然后拍拍翅膀起飞了。起初只是在低空盘旋，不久直飞云霄再也看不到它的身影。我仰头目送它飞走，没有留恋与难过，幼小心里感到蓝天才应该是鹰的家园。后来我看到这只鹰回来过，腿上留着一个父亲戴上的铝环，算是被人工饲养过标记吧！但鹰只是停下来转一圈又飞走，它回来看望曾经生活过的地方，还有这些帮助过它的人们。

　　我想在天鹅农庄饲养一些畜禽，为农庄生活增添一些灵性与快乐。自认为：是农庄就应该有各种动物，狗猫、牛羊、鸡鸭鹅、鸽子等，不单单为了让农庄更有生机，同时农场的瘪麦子及劣等原粮都可变为动物饲料，一点不浪费，可谓生态有机饲养。天鹅农场存留着大量原粮，牛舍二层阁楼就是一个宽敞的谷仓，里面堆着大包瘪麦和杂豆。

　　农场种、养出来的食物特色，就是天然浓郁的味道。无论蔬菜还是肉类，都具有食物原本的滋味，地道的有机绿色食材，是一种舌尖上的田园风光。所有食物都来自于自家农场，畜禽处于自然放养状态，按天性四处闲逛。在地上打滚，在草地啄虫，在棚舍里吃谷粒，成就了本色品质和天然味道。

　　朋友向我推荐萨斯卡通市的郑先生。郑先生的家就是一座小型休闲农庄，饲养有几只奶牛，一群绵羊还有驼羊，更多是兔子、鸽子和产蛋鸡，还有几只会说话的鹦鹉。电话联系好购买数量后，我们带着拖车过去，装上 10 对鸽子、20 只鸡还有几只兔子，郑先生还要免费送一只驼羊。这下子，天鹅农庄就热闹了。

　　一大早开车从农庄出发，走了 4 小时多路途来到萨省中北部的萨斯卡通市。郑先生休闲农庄位于离市区半小时车程的西北郊，农

庄包括 1QT 农地，一套宽敞明亮住房，还有一些饲养棚舍。是几年前郑先生以不到 40 万价格，通过银行拍卖程序购入。原计划多饲养一些畜、禽品种，周末让市区华人家庭到此游玩，走时选购活体家禽及新鲜畜产品。经过两年经营，郑氏夫妇发现农庄饲养量太小，仅靠饲养畜禽收入不足以养家糊口，只好让夫人重新外出工作，先生兼职做装修以弥补家用。

　　郑先生休闲农庄的确不大，畜禽饲养棚舍面积也很小。1QT 农地基本没有种植牧草和粮食，也许是面积太小的缘故，使用农业机械耕种反而费用更大。萨斯喀彻温的休闲农庄，形不成规模的种、养殖项目都有着入不敷出的困扰。我们按电话里预定数量从棚舍里装了兔子、鸽子和鸡，由于驼羊个体大无法捕捉只好作罢。郑先生饲养的这些畜禽不仅数量小且品种杂乱，自然交配后代无论个体与毛色均不尽人意。仅从休闲角度也应该饲养品种纯正的畜禽，让休闲度假人们有赏心悦目之感。一群鸽子有着洁白羽毛，红红眼睛，"咕

驼羊

咕"地叫着，在农庄院子里悠闲度步也是一景嘛。

临走，主人邀请我们一行到住宅小坐。这座宽大整洁的农庄，透过客厅明亮玻璃可以望到房前农田，金黄色的秋季田野一览无余。郑先生岳父母帮助打理农庄，两位老人说：刚来时感到挺寂寞，他们夫妇和三个孩子工作或上学离开后，老夫妻就帮助打理后院饲养的动物和整理家务，每天忙忙碌碌。待习惯以后，又感到农庄生活非常充实，新鲜空气和大自然旷野让他们乐不思蜀了。

通过郑先生经营过程可以看出：休闲农庄更多是为人们提供一种贴近大自然的生活方式，而不是经营性收益。不管农业种、养殖项目还是休闲农庄经营，要想获得较好的经济效益，必须要有经营规模和经营档次。当然，农庄主人利用业余时间打理农庄，既能产生一些经营性收入，又能丰富自己的生活，就具备了不错的经济价值和生活意义。

回程去了印第安保留地庞尼基（Punnichy）。事出有因，前几天我和小师妹去里贾纳电话局办事，接待员是一位印地安小姐，听说我们有看印第安保留地的意愿，特地告知，她的家乡就在印第安保留地庞尼基，她每天往返3小时回家居住，那是非常美丽的地方，有湖、有坡、有良田。这位印第安小姐语调里充满对故乡的热爱之情。果然，印第安保留地古老的村落街道，到处弥漫着沧桑和让人慨叹逝者如斯的光阴。置身其间，一种远离城市喧闹，积淀着历史浓浓的、幽静的民风古韵。由此明白，这位印第安小姐工作在城市，每天往返家乡居住的缘由，想必是喜爱家乡自然宁静的生活环境，自由自在的生活方式。

相信以后会有大批喜欢农庄生活的人们，有一栋农庄居住，院子是自家饲养的各种动物，不大的农田种着蔬菜、粮食。这些人不在意农业收益，向往的是返璞归真的生活方式，"日出而作，日落而息"。也相信国内越来越多的富裕人群、中产阶级会漂洋过海，到加拿大农庄过休闲度假式的农民生活。

南瓜

朝霞

秋野

加拿大农民大傻冒

故事一:

接到温哥华一位朋友电话。

朋友于 2011 年春季在萨省买了两块农地,各一个 QT(相当于 160 英亩)。土质不好,没种庄稼长满了野草,等于是荒地,是购买价格非常便宜的那种劣质农地。本来也没打算有什么收益,她手头正好有点闲钱想做投资,看好的投资价值是附近有正在开采的油田。说不定这块荒地哪一天也会冒出石油来。按照现在的市值,农地上有一口油井,每年就可以收益 1 万元占地费,比种粮食划算多了。

2012 年初春,她接到一个陌生人电话,原来是萨斯喀彻温一位农民兄弟。这位当地农民来电话,咨询朋友买的那块荒地上是否可以放牛?朋友乐了,这点小事还值得辗转数人直至找到农地经纪人,才拿到她的电话号码。朋友没在意顺口在电话里回复一声:放吧!以后就忘记这件小事。买这块农地已两年多了,她没有再去过萨省,也没有想过去看看自己的两块荒地。

上周末,朋友突然接到从萨省寄来的一封信,里面放有一张支票,支票钱额有四千多元。信封里还附着一个说明清单:何月何日起止在地里放牛,付给租金一千多元;收割农地牧草卖了两千多元;政府对放牧农地补贴几百元等。朋友拿到这封信和支票非常感动。她电话里告诉我:我没去看过,只是口头同意他放牧也没说过要收费。连他姓啥叫啥都不知道,他却认认真真地在年底给我寄来一张支票。

"加拿大农民真是大傻冒!"朋友调侃语气里透出了一种由衷地敬重。

故事二:

我的邻居丹尼斯(Dennis),就是《我在加拿大做农场主》一书中,专门向读者介绍过那位业余农民。

2011年9月份,他到天鹅农庄洗麦种,结束工作后我邀请他到家里喝茶。聊天时他郑重地询问我:是否会购买与天鹅农场相邻的其它农地?当得到我肯定回答后,他告诉我:自己有2QT农地和我农场相邻,是父亲留给他的祖业,现在打算出售。他已退休,夫人也退休,他们夫妇不想回农场种地了。想趁身体健康时到世界各地旅游,或者到子女生活的外地城市居住,看望儿孙们。

他最后补充一句话:我还需要再想想,想好后会通知你。

丹尼斯给出的农地售价比政府评估价格略高一点,我知道他没有多要。因为近年萨省没有出台新的农地评估价格,目前农地交易价格早已超出了政府评估价。2012年因故滞留国内很久,10月中旬,帮助打理天鹅农场事务的朋友通知我,邻居丹尼斯来农庄找我,看我不在让朋友转告:他已决定年底卖掉这2QT农地,如果我依然购买的话,他仍会按照当时我俩讲好的价格出售。这位朋友也兼做农地经纪人,他知道近来许多投资者涌到萨省购农地,致使农地价格上涨不少,丹尼斯给出的售价远低于目前市场价。

这位朋友问丹尼斯,如果朱女士不买的话,是否可以转售给他?丹尼斯说:当然可以。不过价格就要随行就市了。朋友半开玩笑的问他:为什么卖给朱女士不涨价?现在农地价格已经比一年前高出了很多。丹尼斯认真地说:"已经和朱女士谈好的价格,不能涨价。"又是一个"大傻冒"。我们只是口头协议,丹尼斯可以不遵守这种口头协议,谁出钱高他卖给谁,合情合理。

故事三：

2012 年 9 月份中旬，萨省省长布莱德·沃尔（Brad Wall）带队的访华贸易代表团到中国招商，我有幸随团参加。

9 月 15 号上午，要求所有参团代表到建国门外"国际俱乐部"会议中心集中培训。当全体成员到齐时，主持人开始宣读会议日程和培训内容，向与会代表介绍中国的政治体制和经济状况，还有中国风土人情和生活习俗，包括如何与中国客商打交道。还特邀几位更早进入中国市场的企业代表介绍经验。

加中贸易理事会（CCBC）托尼先生讲述"进入中国市场的方略"。从中国人接人待物习惯、生活方式讲到如何与中国人打交道，代表团成员大部分是加拿大人，他们端端正正坐着认真听讲。在加拿大做生意常常不用见面，在网上就可以下单交易。来中国做生意可没这么简单，不但要见面，还要联络感情，更要费心揣摩对方想要表达的真实意思。这些复杂过程对于"四肢发达，头脑简单"的加拿大农民来讲，简直太难了！再加上中文意思表达费解。难怪当在上海招商会快要结束时，我的邻居韦德·希克（Wade Hicke）先生悄悄告诉我：等你回去，我一定要向你好好学习中文。

呵呵！真是个可爱的"大傻冒"。

我非常喜欢加拿大农民的诚信和简单，和他们打交道很轻松。久之，连我自己也变成了"大傻冒"。当回到祖国这块非常熟悉的土地上，反而觉得越来越不适应。人与人之间要绕着弯子说话，云里雾里的交谈，让人心里感觉很累。就连买日用品都要学会还价，还要反复地砍价，朋友我们一起在国内购物，就常笑话我是"大傻帽"。

人与人之间诚信，是社会人应该具备的优良品质，也是做人的起码道德标准。树立公民意识，学会诚信已成为现代中国社会的头等大事。

二手农机拍卖会

加拿大新的农机设备通常都很贵，在农机拍卖会可以找到较好的二手农机设备，大都是来自于破产农场或某些大型农场设备更新换代。农机拍卖会，对于加拿大农机具高效利用和流通发挥了很大作用。

加拿大二手农机拍卖程序：在举办拍卖会之前，出售者会将机具型号等资料提交给拍卖会举办方，拍卖方在报纸上或网络上刊登广告。写明拍卖会的详细地点，拍卖机具等信息。参与拍卖的有拖拉机、卡车、联合收割机等各种农机具。

草原养羊场需要配备一些常用农机设备，比如：拖拉机、割草机、打卷机等，除了在网上寻找合适二手农机外，常到二手农机拍卖会购买。养羊场目前饲养规模不大，农机使用效率低，买物美价廉的二手农机非常适用。经理罗宾汉告诉我，2013年9月7号，里贾纳有一场二手农机拍卖会，羊场需要再添置一台二手拖拉机，他和赫门已在网上看过拍卖资料，里面有合适拖拉机可选。同时还想看看能否再拣点其它"便宜货"，拍卖会上往往会有出人意料的收获。

约定一大早开车赶往拍卖会现场。拍卖会上午9点开始，我们赶到时已是上午9点半，拍卖会周围停满竞拍农民的车辆。来到拍卖会大楼里，明亮的办公室有几位工作人员在忙碌地接待客户。紧靠会场有一个大餐饮间，供应有热咖啡、汉堡和热狗，一股诱人香味远远地飘过来。远道而来的农民来不及吃早餐，可以在这里填饱肚子后再进场。每位参与竞拍者在办公室窗口简单填写表格后，就可以领到一个竞拍号码。罗宾汉开玩笑说：加拿大拍卖会填表太简单，除了填写名称连电话号码都不留，也不担心竞拍者拍完溜号。

拍卖经纪人

　　为等待迟到的竞拍者，拍卖会前面部分是拍卖花草苗木，算是拍卖前曲吧。昨晚吃饭时，我和小师妹讨论天鹅农庄果园应该多栽一些果树，产量大了才有可能供应市场。现在也顺便看看各种苗木价格，可惜到达时花草苗木拍卖已接近尾声，经纪人快速报价和陌生的花木名称，让人听得稀里糊涂。只听到起拍价以 10 元开始，也看到 218 号竞拍者几乎囊括了现场全部树苗。

　　花木拍卖结束，人们都涌到停靠各种农机设备场地上，分头仔细检查各自在网上已看好的农机具。赫门非常熟悉这些农业机械，他认为预选的那台拖拉机性能不错，建议以 5000 元以下价格拿下。养羊场多亏了赫门，他是一位非常诚实可靠的加拿大农民，对农业机械不仅熟悉而且特别喜欢，且各种农活都会干。

　　大农场主看不上这些二手农机。因为他们拥有大面积土地，萨省播种和秋收季节非常短，"农时不等人"。要想在很短时间内把庄稼种上、收完，只有充分发挥机械效能。到了关键时期，农场所有农机具都要开足马力，日夜兼程地工作。万一机器出问题，耽误的可是一年收成！因此，大农场主购买的农机具越来越大，效率越来越高，自动化控制能力越来越强。购买新设备投入的成本比起粮食收入来说还是合算，再加上有政府补贴，大农场主们会经常淘汰一些用久的、工作效率低的农机具。

大农场主淘汰掉的旧农机具，还有倒闭农场的农机具都会推向二手农机市场，由一些中、小型农场主，主要是小型或者养殖业农场主购买承接。这部分农民没有大面积农地可耕种，买回来二手农机能够满足自己农场需求就行，也有效地引导了加拿大农机具的循环使用。正因为二手农机具价格便宜，农民担心旧农机使用会出问题，有些小农场主会同时配备两套设备，以防备工作时出现故障。

养羊场今年夏季收割牧草就出现了割草机故障，要跑好远路途配零部件，不仅费工也耽误牧草最佳收割期。幸亏有了赫门，他知道毛病出在哪里？否则要拉着收割机去厂家检查或请机械师来农场维修的话，费用不知道会有多贵？农忙时节往往请不到机械师。农场需要男人，农场更需要懂农业机械的男人。加拿大的二手农机具虽然便宜，可不懂行的人不敢轻易购买。同二手汽车一样，买不好的话后患无穷，光后期维修费用就比购买价格贵得多，还别说不能正常工作带来的损失。也是为何在二手农机拍卖会上，都是一些有经验的本地农民前去选购，赫门就是其一，只有经过他仔细检验，罗宾汉才敢下手购买。

农机具拍卖正式开始，我们马上赶往现场，担心预选的那台拖拉机会较早开拍。此时的观众台上已坐满竞拍者，也有不少看热闹的观众。赫门说现在正值农忙时节，很多农民在田里忙秋收，参会者不算多，会有一些二手农机会以很便宜价格成交。我看到拍卖现场，不少农民端着一杯热咖啡，在会场周围一边来回走动一边观看议论。仔细观察这些参会者，发

传输机

收割机

现以年长农民居多，很少见到中、青年农民。由于加拿大农业人口不断减少，青年人流向城镇寻找工作机会，此时，余下不多的中、青年农民正忙着秋收，从拍卖会现场能够看到加拿大农业劳动力老龄化现象非常严重。

拍卖会开始。不出所料，赫门预选的那台拖拉机排在第二位被拉进拍卖会场。罗宾汉在赫门授意下举牌，大家的目光纷纷转向我们几位华人竞拍者，大概过去农机拍卖会场上很少看到华人的缘故吧，一位工作人员顺便打听我们农场地址。会场上只有一个竞拍对手，经过几个简单回合报价，罗宾汉以 4600 元价格拿下了这台拖拉机。他们还看上一台割草机，如果价格不贵可以再来个"顺手牵羊"。

农机拍卖会在继续进行中。为掌握第一手资料，我按照进场顺序对拍卖农机具进行拍照并记录拍卖价格，认真做好现场笔录。不久，那台割草机也以预计价格成交，还有一个小拖车。达到了预计目标，我们一行开始撤退，到拍卖会办公室办理手续，下周一取货。

拍卖现场

奥特卢克牧草加工厂

参观大型农场回来途中，无意间看到路边有大片种植苜蓿草（又名幸运草、四叶草，是一种豆科苜蓿属多年生草本植物，一般只有三片小叶子，叶形呈心形状，叶心较深色的部分亦是心形）的农田，农田里喷灌设施好似一排长龙，煞是威风。

原来这是一家牧草加工厂种植基地，工厂就在牧草基地旁边，也是一个家族企业。由农场主夫妇共同打理牧草加工厂，聘用 3～4 个固定员工，同时种植一百 QT 苜蓿草作为稳定的原料供应基地。从苜蓿草种植基地出来，就看到了这座牧草加工厂，一摞摞苜蓿草卷堆积在原料广场。我们把车放在停车场，直接到工厂办公室咨询有关牧草情况，牧草加工厂老板格雷格（Greg）听说是来自中国的客户，非常愿意接待这次无约之访。

格雷格热情地带领我们参观工厂，一边走一边介绍工厂情况。工厂已有 50 年历史，目前使用的设备虽说老旧但还能够正常运转。关键问题是销售不畅，几万吨产能开工不足一半，不能满负荷运转造成生产成本居高不下。该工厂生产的苜蓿草块，主要出口美国、日本市场，这些压缩饼干似的苜蓿草块是喂马好饲料。为保证原料有稳定质量和产量，他家农地都用来种植苜蓿草，其中近半土地是可灌溉农田。灌溉田每年可产 3 茬以上苜蓿草，且质量、数量都比自然种植的好，并保证苜蓿草营养成分达标。

当问到：为何牧草产品不面向中国市场出口？

格雷格话匣子就打开了：一是中国市场需要苜蓿干草卷，体积大，致使运输费用增加。而萨省位于加拿大内陆，运输成本居高不下，出口苜蓿草卷无市场竞争力。二是加拿大对中国出口牧草通路不畅。中国目前检疫程序过于复杂，报价又低于日本、韩国，就加大了牧草出口难度。

岁月

他说自己有一批货现在还压在温哥华港口，就是中国客商要的货，至今无法起运。格雷格一边说着一边无奈地摇头。

　　萨省苜蓿草加工业始于 20 世纪 70 年代，起因是当时萨省东北部农户正在寻找小麦的替代作物，同时日本市场对成品苜蓿饲料需求增加，促进了萨省苜蓿种植业及加工业的迅速发展。现在萨省牧草产业年产量约为 10 万吨，总种植面积达 5 万英亩。萨省东北部为苜蓿草主产区，苜蓿干草块大多在奥特卢克灌溉区种植加工。

　　相比美国，加拿大苜蓿干草特点是非常柔软，色泽很鲜绿，纹理纤维比较好。美国是加拿大干草出口最大用户，进口总量占加拿大总出口的 60 ～ 70%，加拿大不仅向美国出口苜蓿，还有混合干草、稻草等牧草产品。北美的苜蓿草产品，主要市场是环太平洋圈的日本，韩国和中国，不断成长的畜牧业（尤其是乳业）和可种植牧草土地匮乏，使这些国家和地区大量进口牧草。苜蓿草现货市场也不断在世界各地涌现，其主要原因就是各地区需要应对一些特别情况，例如天气原因造成的饲料短缺。

苜蓿种植全球主要分布：在北半球大致呈带状分布，美国、加拿大、意大利、法国、中国和前苏联南部是主产区。在南半球只有某些国家和地区有较大规模栽培，如阿根廷、智利、南非、澳大利亚、新西兰等国家。美国是世界上种植面积最大的国家，面积超过 1000 万公顷，约占总种植面积的 33%；阿根廷第二，约为 700 多万公顷，占 23%；加拿大第三，每年种植约 200 多万公顷。美国、加拿大和澳大利亚是主要出口国，其中紫花苜蓿是生产量和销售量最大的牧草产品，在美国已成为仅次于小麦、玉米和水稻的第四大农作物，年产值达数十亿美元，被誉为"现金作物"。

牧草捆

到目前为止，国际市场已开发的苜蓿草产品有草粉、草颗粒、草块、草饼、草捆、叶块、叶粒和浓缩叶蛋白。其中，浓缩叶蛋白因为营养价值接近鱼粉，并且各类氨基酸比较完善，在国际上均具有非常广阔的市场。美国种植的苜蓿草蛋白质含量最高达 28%，平均在 17～20% 左右，国际市场要求苜蓿草蛋白质含量在 18% 左右。苜蓿草蛋白质含量每降低一个百分比，其每公斤单价就会明显下降，而降到 13% 以下，国际市场上基本就找不到买主了。

苜蓿适口性好，营养价值居牧草之首。不仅含有丰富的粗蛋白质、矿物质和维生素等重要营养成分，并且含有动物所需氨基酸、微量元素和未知生长因子。在相同土地上，苜蓿比禾本科牧草所收获可消化蛋白质高 2.5 倍左右，矿物质高 6 倍左右，可消化养分高 2 倍左右。与其他粮食作物相比，苜蓿蛋白质含量甚至远高于大豆。苜蓿草蛋白质所含氨基酸和牛奶中的氨基酸相同，这是其他蛋白质来源所不能比拟的。

苜蓿产品目前出口到中国绝大多数为苜蓿草捆。目前进口苜蓿草已占全国苜蓿草总销售量 40% 以上，中国苜蓿草生产质量标准和检测体系没有和国际标准接轨。一是在苜蓿种子生产、引进、销售方面缺乏统一标准。二是苜蓿种植和收获缺乏统一标准，缺乏配套的机械设备，收获干草质量较低。三是苜蓿产品市场缺乏统一质量标准及监测机构，不利于苜蓿草产品优质、优价机制建立，一些大型养殖场，宁愿用较高价格大量从国外进口，也不愿购买国产苜蓿草。

加拿大牧草种植规模和产品质量与中国有很大互补性。加拿大与美国相比尽管蛋白质含量略低，但牧草价格也低，且加拿大苜蓿草是自然生长，基本不施用化肥。早在 2011 年 6 月通过 SQ、IQ 等质量检测，已有阿尔伯塔省两家农场被批准向中国出口苜蓿干草。相信以后会有更多农场获得向中国出口牧草资格。

因尼斯费尔羊屠宰厂

因尼斯费尔（Innisfail）是阿尔伯塔（Alberta）省一个镇，属红鹿市（Red Deer）管辖。因尼斯费尔人口7922人，镇上企业以食品加工业为主，如：因尼斯费尔火腿、雀巢普瑞纳宠物食品、布拉特精细食品等。2013年7月初，我们安排参观了镇上"金太阳特种肉类公司"，也是阿省唯一的羊屠宰加工厂。

参观时间正逢周六休息，整个厂区静悄悄，只有按约定时间在办公室等候的厂长万里克林（Miles Kliner）。这是一家1974年开始经营的私营企业，2011年老板移主，新老板增加投资进行设备升级改造。把以屠宰牛、野牛为主改造成屠宰羊加工包装的专业工厂，产品有整个酮体、分割体、真空包装的肉盒装切块，新鲜和冷冻羊肉。已取得CFIC证书，得到USDA/ISNA（清真）和HACCP认证，除了在加拿大本国销售外，可出口美国、墨西哥、南非、欧盟、瑞士、香港和智利许多国家和地区。

屠宰车间设备功能齐全，技术流程先进，刚进行过的全套设备升级，生产车间整体为不锈钢操作台面。具有扩展功能良好的水处理系统，使屠宰和加工生产过程变得干净、清洁。

羊屠宰加工厂占地面积约5英亩，厂房面积3～4平方千米，集屠宰、加工、库房为一体。参观过所有车间和生产工序，看不到一点污垢、血迹和粪便，也没有闻到牲畜异味。仿佛走进一个标准化食品加工厂，想不到这里昨日尚在进行紧张忙碌的屠宰加工生产，更没有想象中到处血迹斑斑的屠宰厂模样。由于肉类产品易腐性质，必须予以冻结或迅速送往市场。各类屠宰厂都带有大型冷却器和冷藏柜，使加工好的肉类产品易于保存。当我们参观最后来到成品冷库时，骤然的低温让人们穿着厚工作服也不敢久留。

最后一个车间是待宰棚，几百只待宰活羊在棚圈休息。走到这里，方才意识到这里是羊屠宰厂，那些干净清洁的羊只，在整齐简洁围栏里静静地等候。由各肥育牧场运来的肉羊，要先关在待宰棚内，只供饮水不喂饲料，使羊消除长途运输的应激状态，恢复正常体能。停食24小时后进入喷淋间，冲刷羊体，上宰羊台。屠宰厂工作人员需经过严格训练，每天上岗前洗澡更衣，着装经过清洗消毒。车间呈封闭状态，每天屠宰完及时冲洗干净，保持良好的工作状态。

加拿大肉类生产加工有着严格完善的标准管理。以危险性分析和有效预防为基础，制定一系列法律法规，从饲料、种畜、兽药生产，到牲畜饲养、屠宰机械加工、运输和销售都有法可依，并有一套完备标准作补充，形成了"从农田到餐桌"的全程质量控制体系。在屠宰加工环节，严格按照良好作业规范（GMP）和危害分析与关键点控制体系（HACCP）监督管理，保证肉类加工过程安全、无污染。加拿大现有23家屠宰厂，平均每家年产肉品约8万吨。加拿大养殖场一般设在饲料产地，加工配送企业靠近消费市场，有利于节省运输成本，防范活畜长途运输而发生疫病。

加拿大食品检验署，负责实施政府规定的所有食品检验及动物卫生计划，拥有检验员、专家、科研和技术人员等5000多名，建立了世界一流的食品检验系统。政府还雇用和培训专门的检验人员，在政府检验员监督下进行屠宰环节肉品检验，其工资和检验费用均由政府承担，这种职责分工明晰的检测体制，减少政府部门间业务重叠和空缺，提高了检测效能。

1997年3月，加拿大议会通过《食品监督署法》，在农业部下设专门的食品安全监督机构（加拿大食品监督署），统一负责农业品监管、产地检查、动植物和食品及其包装检疫、药残监控、加工设施检查和标签检查等。加拿大渔业海洋部自 1992 年 2 月推行水产品登录制度，规定申请登录必备条件为水产加工厂应施行以 HACCP 为基础的品质管理计划。关于乳、肉卫生方面，农业部依据强化食品安全计划，自 1996 年起推动了屠宰场、肉制品、乳制品等 HACCP 管理制度。

2001 年 6 月以法律形式明文规定，所有食品必须在成分说明标签上列出 13 种主要营养成分，包括脂肪、饱和脂肪、卡路里、钠、纤维、蛋白质、钙、维生素 A、C 和铁等，以防止有些厂商滥用所谓健康食品、绿色食品定义，推销其实并不健康食品。不论在加拿大什么地方，只要看到屠宰场、肉类加工厂或商店内标牌上写有"政府检验过的肉类"字样，百姓就尽管放心买，大胆吃，因为在食品

待宰棚

上：屠宰线
下：成品

卫生监控方面，检疫部门从不马虎。

参观结束，我们在办公室与厂长交谈，称赞屠宰厂管理有序，产品质量让消费者放心。厂长也谈到当时他们收购屠宰厂，把屠宰加工牛的生产线改成屠宰羊生产线非常明智，阿省大型牛屠宰厂就有两家，中、小型屠宰厂无法与之竞争。而羊屠宰加工厂目前只有这一家，唯一性让其生产利润持续增加，今年上半年就实现利润 200 万。随着加拿大肉羊饲养量逐年增多，相信羊屠宰加工厂经济效益会越来越好。

全球羊肉生产已由成年羊肉转向羔羊肉和肥羔肉。肥羔肉营养价值高，蛋白质和各种氨基酸含量丰富，脂肪和胆固醇含量低，同时羔羊肉膻味轻、鲜嫩多汁，风味独特、口感好、易消化等特点。是公认具有营养和保健双重作用的功能食品，备受国内外市场青睐。羔羊生长旺盛，增重快，成本低，饲料报酬高。新西兰是世界上主要羔羊肉生产出口国，每年生产羔羊肉 30 万吨，占总出口量的 70%。加拿大养羊业历来欠发达，这十几年随着喜食羊肉新移民的到来，羊肉生产量才逐年上升。

一座废弃的现代化养猪场

一位华人朋友，2012年在萨省中西部威夫特卡伦特（Swift Current）附近，以不高的市场价格购买了一座废弃养猪场。交割以后就空置在那里，朋友希望再上马新的农业项目。一个规模不小的现代化养猪场，为什么会废弃？加拿大养猪业究竟遭受了什么样的打击，原因何在？引起了我强烈的职业好奇心，欲探究竟。

加拿大各项养殖业的现状及历史发展过程，与现在我们正在从事的养羊场项目，会有方方面面的联系，如：饲养环境、市场定位、社会因素、农业政策等，也关乎着加拿大畜牧业整体未来的发展方向。在商言商，要做一个合格的农场主，只有对当地所从事种、养殖行业有充分了解后，才能制定出合乎市场规律的种、养殖规划。

尽管朋友已多次阐述过这座养猪场的规模和设施，邻近加拿大1号高速公路的便捷交通，及平坦宽阔的地理位置等有利条件。当我亲眼看到这座废弃养猪场时，还是被它保持良好的建筑现状吃惊。明亮宽敞的厂房，静静地横卧在一大片金黄色麦田，尽管圈舍里机械化养殖设施已被拆除一空，依然看出当年配套档次不低的现代化饲养设备和标准规范的养猪圈舍。朋友说：这座现代化养猪场，属于加拿大也是世界上最大的国有养猪场——大天猪场（Big Sky Farms）所有，其实力和财力绝不是加拿大普通家庭养猪场可比拟的。

这座养猪场从2008年至2012年一直空置着，厂房内外余下不多的旧管道已铁锈斑斑。远远地望过去，八排整齐划一的长方形红顶猪舍，以办公室为中心，左右各四排均匀分布其两侧，好似展翅欲飞的大型飞机，气势依然宏大，让人看不出破败与没落。来到养猪场办公室，

养猪场

看到各种挂图依然钉在墙上，工作服挂在大门口衣钩上，好像工作人员刚出去办事未归，没有丝毫的忙乱与惊慌。也许，当时养猪场员工就是这样认为：困难是暂时的，不久将来我们还会回来！

可惜，现实给养猪场员工开了一个天大的玩笑。五年过去了，这座当时投资两百多万的现代化养猪场，连同土地，现在仅以当时零头都不到极其低廉的价格，与普通农地无异的身价转手易主。养猪场投资者彻底破产了。

朋友带领我参观养猪场全部设施。这是一座育肥猪场，其建设规模可同时饲养七千多只肥育猪，全程只需要两个全职工人，所有饲喂程序都通过机械化操作完成。温度、湿度均由自动化调控，圈舍内育肥仔猪随着身体不断增大，通过圈舍内部通道可以自然转舍。直到肥育结束出栏，由出口通道将猪只赶上专用运输车，送往屠宰场。

购买废弃养猪场做养殖项目是不错的投资选择。无独有偶，傍晚我遇上另外一位华人朋友，几年前在卡尔加里郊区购买一座废弃养猪场，他把废旧养猪圈舍用来养鹅，今年从美国引进 1000 只肉鹅小试身手，经过几个月育肥饲养，不久前刚出栏上市。由于没有饲养经验，幼鹅死亡率达到 30%，总体核算后略亏几千块钱。但初试牛刀后这位朋友信心大增，向我咨询有关养鹅饲养条件和后续加工及市场等有关问题，他准备上一个更大规模的养鹅场。

加拿大是全球重要的优质粮食生产国之一，丰富的粮食资源为养殖

业提供了大量优质价廉饲料。加拿大位于北温带的北部地区，季节性零度以下的气温让畜体病原体不宜存活，而夏季阳光充足，气温温和，广泛充足的洁净水源非常适合养殖业生产。加拿大畜牧业其动物饲养密度非常低。以猪为例，平均每 5 公顷耕地一头猪，换句话说，生猪平均养殖密度是 0.2 头 / 公顷。与世界一些主要猪肉生产国相比，荷兰 15.3 头 / 公顷，丹麦 8.4 头 / 公顷，德国 1.3 头 / 公顷，天时地利，使加拿大成为全球范围内不可多得优质畜牧业生产基地。

但是近年来，加拿大养猪业、养牛业均出现不小的滑坡，特别是养猪业更是遭到沉重打击，至 2012 年仍没有得到缓和。加拿大长时期养殖业低迷，为其养殖业发展带来不小的负面影响。究其原因，从事养殖业的加拿大农民众说纷纭，各界专家学者也各有见解。准确的说：2009 年 5 月份，甲型 H1N1 流感疫情暴发，是加拿大养猪业遭受打击直接原因。大天猪场申请债权人保护，加拿大第一大养猪生产者大幅削减母猪群规模，反映了加拿大养猪行业面临的困境。

加拿大大天猪场（Big Sky Farms）在法庭陈述了财务困境。自从 2009 年 6 月 1 日起，大天猪场每月损失大约 200 万美元。文档显示，萨斯喀彻温政府向天大猪场投资了 3000 万美元（62% 的股份）。为什么政府非要资助一家大型养猪场，让它和纳税的独立生产者竞争，经营大天的管理者从无担保债权人那里聚敛了 1470 万美元资金。这些可怜的债权人（大部分是销售谷物农场主）剩下的多半只有哭泣了。

加拿大养猪业潜在危机已多年。加拿大养猪业在多年加币低汇率、低粮食价格、低能源成本支撑下得到了过分发展，2008年加拿大年产3000万头猪，几乎是人均一头猪，其中70%产品出口。加拿大国内猪肉消费市场有限，其过度依赖出口的生产模式，让肉猪生产建立在国际市场消费基础上，一旦国际市场出现波动，养猪业迅速出现下跌。加拿大养猪业抗国际市场波动风险能力不强，没有做好应对国际市场粮价和能源上涨，加币汇率上涨的各种准备，也是不能忽视的原因。

　　加拿大养猪业现在已逐渐出现新的发展趋势：随着人们对食品安全认识提高，消费当地猪肉食品成为一种时尚。随着人们对肉食品质量要求提高，草地生态放养猪和自由养殖生产无激素、生长素的猪肉已成为时尚，有机猪肉有了新的更大消费市场。对于刚刚进入加拿大养殖业的华人农场主，如何把握今后畜牧业发展趋势和机遇？是我们要好好做的一门功课。

猪舍空旷

新一代农民的烦恼

  加拿大现代农业提高农业生产率，减少了农业领域所需劳动力，因此促成乡村剩余劳动力的转移，导致加拿大乡村产生产业、人口、社会结构等一系列变化。不仅体现在乡村人口大量迁往城市，且体现为乡村人口结构性变化。乡村地区年轻人经常在 20 岁左右去城市求学、找工作，甚至移居国外，乡村地区老龄人口比例大且人口老龄化速度快。

  仍有一部分农村家庭，主要依赖村庄或小镇获得就业、受教育和社会交流的机会。乡村社区交流面的狭窄和农场工作、生活方式独立，使留在乡村的加拿大年轻人婚姻问题非常突出。我认真观察过天鹅农场周围的农民家庭，男性单身比例很高，甚至父子两代都单身者大有人在。因为农场主大都是男性，可以说加拿大农民找媳妇也相当困难。

加拿大农场主单身居多

  魁北克省也是加拿大的农业大省。但在一个城市化社会里，耕耘土地的农民不容易收获爱情。据统计，该省 35 岁以下的男性农场主中有四分之一是单身。

  洛朗·斯比卢的父母、祖父母和曾祖父母都是农场主。他出生在比利时，今年 47 岁，三十多年随父母移民到魁北克省。如今父母已过世，他孤身一人，养了三十多头牛。他的农场位于魁北克省中部的阿让特伊（Argenteuil），周围是一眼望不到边的草场和农田。虽然人们对农村生活印象很多是偏见，可当农场主幸苦也是不争的事实。洛朗每天5点半起床，吃点东西就去牛圈，喂料、打扫、挤奶，一直忙到晚上。

都说农场主是自己当老板，可洛朗不同意，他说："我们有老板，大自然就是我们的老板。它一年三百六十五天给你找活干。"可洛朗喜欢这样的生活。父母留给他的这点儿土地和牛群，给多少金银财宝他都不换。九年前母亲去世后，洛朗确实觉得孤单，也想成个家。但他说：如果结婚，只有女方迁就他搬到这儿住，反正他是绝对不离开农场。

伊万·杜蒙杰家的农场在魁北克圣埃梅内日尔德（Saint-Hermès）。他今年只有21岁，已感到形势的严峻。他姐姐柯罗艾说，伊万长相不差，女孩子们其实很容易对他发生兴趣，可一旦知道他是农场主，或者是未来的农场主就望而却步了。伊万第一次和女孩子出去是十九岁，比他的同龄人晚了很多。他的女朋友从来不肯来农场，有时还无中生有，怀疑他身上有马的味道（其实他家养鸡）。伊万有点发愁地说，也许他要打一辈子光棍了。

农场主不是大老粗

吕克·加农是一个农场主交友网站的创办者。他说，就在并不久远的过去，大部分加拿大人都有开农场的亲人或者朋友。但随着农场主人数减少，这种联系渐渐中断了。现在人们对农场主和农场生活印象，有相当一部分不正确。比如说，农场主没文化。实际上，年轻一代的农民最起码具有大学专科学历，都上过专门的农业学校。他们和从事其它职业的年轻人没有两样。

当然农场工作有它的特殊性。在所有行业都一心想着休假的夏季，

牛舍

农场主却正是加班加点大忙季节，找个老师做伴侣显然不合适。但是经常兼做媒人的农业展览主办人拉布莱克·杜谢诺说，她也不会介绍两个农场主认识，因为那将牵涉到谁把自己农场卖掉的痛苦谈判。

心理学家皮埃尔特·德罗谢说，社会和价值观变化使农场主们不仅难找伴侣，留住伴侣也不容易。现在社会人们更注重享受乐趣，选择家庭和工作的平衡，对生活要求比四、五十年前高得多。另外，几十年前，你的所有女伴几乎都嫁给了农场主，你自己找一个农场主是很平常的事情。但生活在今天，嫁到农场意味着是另类女人，意味着没有周末约会。德罗谢说，人是爱比较的，看见旁人有的自己也想要，否则就会生出不满足。

当然也有人找到了幸福。伊万的姐姐柯罗艾今年24岁，已经结婚了。她在建筑业工作的丈夫说，当初在蒂姆·霍顿斯（Tim Horton 加拿大著名的快餐连锁店）遇到她，第一眼就惊为天人，决心非她不娶。后来虽然知道她是农场姑娘，仍然没有改变初衷。

中西合璧婚姻的探讨忧资讯

最近，有国内做婚介的朋友与我探讨：中国女性嫁给加拿大农民可行性？本人觉得可行，尤其对中国北方地区的中年离异女性，不失为一种不错的选择。加拿大农民朴实憨厚，加上远在偏僻乡村，不容易找到媳妇。可并不代表他们没文化，没素养，其实在加拿大做农民，不论大、小农场主，都拥有相当资产，只要勤劳衣食生活无忧。再加上加拿大男人的婚姻观与中国男人不同，对离婚女性带来的孩子视为己出，甚至还引以自豪，可以解除华人离异妇女的精神困扰。我亲眼见过一位女友的洋丈夫，当看到她上高中儿子时高兴地合不拢嘴，逢人便介绍这是他的儿子，真有"天上掉下一个大儿子"般惊喜。

目前，中国社会尽管有大量剩女，但这些学历、收入、长相都不差的女性，大多数不会嫁到加拿大乡村，即使个别嫁过来也留不住。能够与加拿大农民具有联姻互补性的女性，反而是处于国内中、下层收入的离异妇女群体。这些女性文化程度和经济收入都不高，有吃苦耐劳、勤俭持家的特性，对婚姻期望值非常实在，较容易适应加拿大乡村和职业农民的寂寞生活。

随着中国社会整体实力的不断提升，中西联姻盲目外嫁这种现象越来越少了，更多则是"各取所需"的实在婚姻。虽然这种择偶标准没有达到婚姻所追求的最佳境界，但比起破坏别人家庭的"拜金主义"已经进步了很多。

加拿大人的叶落归根

　　2013 年的一个夜晚，狂风呼叫，清早的农庄被一层薄雪覆盖，温度骤然下降，下午达到零下 10 度。为感谢社区主任杰克、玛丽亚夫妇帮我们修暖气，约好下午 4 点请他们到家里吃饺子，把刚到此工作的两位华人邻居也叫过来聚餐。杰克夫妇按时到达，接着两位华人朋友也开车过来，屋子里顿时热闹起来。有包饺子的，有下饺子的，有吃饺子的，一阵忙乎以后，大家围着餐桌喝热茶，天南海北聊起天来。

　　杰克介绍说，玛丽亚就生长在凯威尔村，他则在里贾纳长大。他们相识时，杰克在里贾纳做汽车销售工作，玛丽亚要到英属哥伦比亚省维多利亚市工作，他也随着到那里定居。杰克依旧做汽车销售经理，玛丽亚在政府机构做社会工作，为贫困人口发放福利和救济金。他们在那里一住就是三十多年，直到退休后才回到萨省，回到玛丽亚的故乡居住，至今已快 10 年了。

　　玛丽亚谈到自己儿孙时，也同所有中国老人一样的兴奋。他们有两个儿子，大儿子今年 50 岁，儿媳妇是个律师，两个孙子分别 13 岁和 15 岁。大儿子一家住在维多利亚岛，昨天来邮件说，他们一家四口到 BC 省北部滑雪，准备租房子从 11 月住到明年 4 月。我们问：两个孙子上学怎么办？玛丽亚说：家庭教育呗！她觉得非常轻松和正常。西人的教育方式与华人差别很大，两个孙子半年在家自学，跟着父母专门练习滑雪很重要，也许滑雪可以成为他们一辈子的生活乐趣。快乐地生活是加拿大人认为最值得做的事情。小儿子在加拿大东部一个城市开家庭旅馆，半年工作，半年去美国度假。当问到：他们夫妻为什么会远离两个儿子回家乡居住？玛丽亚开玩笑地回答：两个儿子一东一西，我们正好位居中间，不偏不倚嘛！

我用中文"叶落归根"表达他们回家乡的缘由，小师妹费了很多口舌才把意思表达给她。玛丽亚很快回答：有此意。看来叶落归根不仅仅是中华民族的人生观念，西方人也非常流行。正如玛丽亚所说，这里是我从小生活的地方，非常熟悉和亲切，这里有我的亲情。

玛丽亚姐弟三人，她是大姐，还有两个弟弟，都住在本地。他们是当地已不多见家族成员仍居住一地的农民家庭，这和大姐玛丽亚领导能力有关，玛丽亚是两个弟弟的领头人和召集者。父母去世后，祖业农田分给两个当农民的弟弟，一套祖屋分给大姐玛丽亚。杰克夫妇退休后都有不错的退休金，他们不靠做农活维持生活，回到祖屋居住就是寻求回归田园的乡村生活。老两口热心于当地社区发展，关注着凯威尔的未来，希望这里能够重新兴旺起来。

当地住着不少像杰克夫妇这样的退休老人，如我家近邻丹和玛丽莲夫妇。不同的是丹和玛丽莲一生只做过农场主，从未离开过土地，年纪大退休后卖掉农地依然在农庄生活。现在萨省乡村留下来的老人家，大部分都是像丹和玛丽莲这样的老农场主，一辈子生活在农庄里再也舍不得离开。而像杰克夫妇退休后告老还乡者，就更加接近中国人所谓的"叶落归根"。

也许是年龄关系，也许是人生沉淀，最近一段时期总和同龄的侨居海外朋友谈到"叶落归根"。像我们这批中国移民年纪大了，会选择一种怎样的退休生活？是留在定居国还是回到中国？答案不一。有人说：孩子已在这里定居生活，离开就意味着与儿女们分离。再则，在国外生活久了，已无法适应国内的人情世故，加上恶劣生态环境和不安全食品，回去生活似乎已变得不可能。有人说：叶落归根是中国人血脉的基因，回归故里是必然。至于生态环境恶化与食品安全，相信以后的中国肯定可以得到改善。

我说：两种生活方式的选择不要对立和隔绝。在全球化快速发展的当今社会，国界早已变得模糊和融合，不会成为选择生活方式障碍。

选择何种退休生活，会根据不同人群的经济实力与精神需求而定，没有刻定的标准。至于我本人，肯定会继续着现在这种两边居住的生活方式，只不过随着时间推移，在两地持续居住时间会延长。比如：夏季住在加拿大温哥华和萨省农庄，冬季回到温暖的中国南方城市居住，期间会短时间到世界各地旅游观光，直到走不动那一天。

如今美国、加拿大等经济发达国家的老人们，在经济条件允许情况下，大都会选择这种"候鸟式"退休生活。我相信：随着中国改革开放进程不断往前推进，会让越来越多的中国退休老人们，也有条件到世界各地过这种"候鸟式"退休生活。且不久将来就会开始。

依据已拥有的资源和条件，我打算在加拿大天鹅农场和中国小浪底凤鸣岛两地规划设计新式"集体农庄"。让喜欢过田园生活的中国退休人士，能够过上回归自然的农耕生活，通过劳作、结合传统医学疗愈身心，获得精神与体力双重收获。中国50后甚至60后人群，青少年时期大都经历过乡村生活，一生中，最让人难以忘却的恐怕就是这种贴近大自然，简单快乐的田园生活。

夜深了，杰克夫妇和华人朋友都陆续离去，我洗漱后也进入梦乡。近期，我梦景里总出现童年的场景，出现与我人生紧密的亲人和朋友，今夜又是同样。梦到了黄河边的柳絮和故乡夕阳，诱着我灵魂出窍，伴着黄昏夕阳与故乡柳絮一起在空中飞扬。故乡黄河岸边柳树多，童年的柳絮已在我灵魂深处扎下了根，在梦中，这飞扬的柳絮意味着我对故乡牵挂与记忆。我站在岁月一角，任夕阳把身影拉长，恍惚间又回到了孩童时光，和一群儿时伙伴举着风车追逐着向晚斜阳。可转瞬间这群稚童，一个个都变成如今早已熟悉的苍老模样，我们相视一笑，一起快乐地体验着岁月苍凉。

梦醒来，不由得一声轻轻叹息：该回故乡了！

上：老屋
下：废弃农机

第三章

加拿大农场主 ▶▶

奥格玛小镇的萨斯喀彻温省农夫

　　第一次看到萨省农夫发在网络上的帖子，觉得其语言朴实真诚，属于可成为朋友的一类人。我们同属先期进入萨省农业的华人农场主，有着共同意愿和理念，不同是萨省农夫带着妻女一家人来萨省居住，而我是独自一人到此寻梦。严格意义讲，他比我献身农场的决心更彻底。

　　2011 年冬季来临之前，我和小师妹去奥格玛小镇的二手店选购室内装饰品。临出门时，看到一位年轻华人男子推着手推车走进来，手推车上坐着一位年幼可爱的女娃娃。小镇上没听说有华人家庭居住，见到后觉得彼此挺亲切，可我们都是不善于用语言表达的人，互相点点头

农夫农妇

算打招呼了。回到家还和小师妹讨论：今天在奥格玛遇上这位华人男子是何方"神圣"？后来与萨省农夫在网络上认识，互通农业生产信息，交流做加拿大农民感受。农夫在网络上告诉我，那天在二手店相遇就是彼此。呵呵，有了擦肩而过的缘分，日后在网络上交流信息日益多起来。也看到当地一些媒体采访他的报道，认为他是一位不错的华人农场主。

2013 年 5 月回到萨省天鹅农场，我和小师妹去奥格玛社区中心交纳地税，特地拐到镇子街道上寻找农夫的家。小镇总共只有几十户人家，想找谁很容易，很快车子就停在了一栋蓝色木屋前面。敲门后，门口出现一位年轻的华人妇女，微笑地询问我们找谁？我想肯定是萨省农夫的妻子（农妇）了。果然，当介绍过名字后，农妇热情地把我们让到屋子里。

"早就和农夫唠叨过，说等你从国内回来到我家来认认门。他这会儿不在家，正在田里忙乎呐。"农妇是一位真诚热情的北方女人，长期在小镇过着简单自然的乡村生活，红扑扑脸颊显得十分健康和快乐。农夫家面积不大，但打理得干净利落，看得出女主人是理家能手。说到农活也头头是道，一点不外行，一个女人带两个年幼孩子，还能腾出空帮助农夫打理农场的事情。家和万事兴，家里有一位贤内助比什么都重要，大概农夫体验更深刻。

我对他们夫妻俩带两个年幼女儿在小镇生活很关注，这是第一个真实生活在加拿大偏僻乡村的华人家庭，尤其是带着孩子。中国移民到北美生活，基本都居住在都市，即使个别人因职业所需去小城镇工作，家也大都安顿在城里。除了华人喜方便、爱热闹的居住习惯外，重要原因是孩子的教育。因为在北美，好的学校也都在大、中型城市，乡村小镇孩子就学不难，但要想达到中国人"望子成龙"

上：农夫的家
下：农夫与女儿

农妇认真回答了我所关心的问题。从她叙述中我了解到他们做农民的原由和过程，遇到过的困难和挫折，还有对未来的计划与打算。

农夫一家来萨省当农民的经历和我差不多。于2011年初，在奥格玛小镇附近购买了二十几QT农地，随后买了住房把家也搬到小镇。向往着过一种简单纯朴的乡村生活，也看好投资农业的趋势和未来。正因为还年轻，两个女儿年纪尚小，让孩子在乡村小镇接触大自然是一种不错的幼儿教育经历。农妇坦言，他们已决定搬家，不久前在维多利亚岛奈奈莫市买了新房子。播种季节结束后，农夫全家就会离开奥格玛小镇到新家居住，因为农妇和孩子都喜欢奈奈莫的海滨生活。小镇房子还会留着，农忙时农夫会居住在这里，冬季半年农闲回海岛和家人一起生活。

萨省农时只有半年，寒冷的冬季人们外出度假，和中国北方农村所说的"猫冬"非常相似。许多农场主都拥有一个家和一个度假屋，一年之间两边居住。随着经济收入不断增加，会有越来越多的加拿大农民拥有度假屋，更加稳定地享受这种候鸟式迁徙生活。

和农妇谈论到加拿大乡村的教育问题。农妇说：由于学生数量太少，小镇学校班级设置如同国内农村复式班，几个班学生同时上课。平时，农妇把两个女儿送到学校幼儿园，腾出时间打理家务，帮助农夫查找资料。农妇认同这里的幼儿园教育，但随着大女儿要上小学，她还是希望女儿能够得到更多综合素质培养，小镇没有这种条件。萨省农夫一家在奥格玛踏踏实实度过了两个寒暑。当问到萨省乡村冬季的寒冷和寂寞？农妇笑笑说：从小在中国北方长大，没觉得有啥难过。生活与往日一样，天天还是送女儿上幼儿园，回来忙家务、看电脑。去年遭遇多年不遇的大雪，学校会停课几日。加拿大小镇的生活设施非常齐全，除了人口少些，其它与城市区别不大。

没隔几日，我和小师妹按约定再次来到萨省农夫家。这次萨省农夫早早守候在家里，农妇也大显身手，精心为我们烹制一桌丰盛饭菜。大家相识甚欢，相谈愉悦，农夫和"地主婆"本来就是一家嘛！

萨省农夫向我介绍了他合作种植模式。他有二十几 QT 农地，头两年全部包给当地农民租种，他跟着帮工，借以学习掌握农机操作程序与规范。从今年开始，他和那位农民合作耕种，萨省农夫购买一部分农机设备，种子、农药、化肥等必备农业生产资料，其余部分仍由合作者投入。秋收后，双方按照合作协议预订比例分成。比起单纯的租地收入，这种合作模式能够提高地主的收益率。但如果刚开始就一步到位，完全由自己出资耕种，无论农业机械还是种植经验均达不到标准，会给地主带来精神压力和经济损失。

与其他华人农场主一样，萨省农夫在探索如何做一个合格的加拿大农场主？通过两年多亲身体验和实践，他逐步了解当地的农业生产现状，熟悉种植业的耕种流程，思考新的农业经济增长点。"我们华人农场主要利用加拿大农业特点，结合自身的市场优势，走出一条更宽阔的路子来！"

农场主是中产阶级吗

这次回温哥华，见到多年没见面的台湾朋友林先生夫妇。林先生是温哥华知名人士，定居加拿大多年，热心生态环保及社会公益事业。多年来坚持组织华人移民参与温哥华环境保护，带领大家参加生态旅游活动。足迹遍布大温地区及附近区域，可谓：加拿大通。当知道我到萨斯喀彻温省做农场主时，林先生感到非常惊奇，在他印象中萨省乡村应该只有寒冷和寂寞。提了许多有关加拿大农场主的问题，待我如实回答后，其惊讶程度远远超出了我的想象。

由此得出一个结论，华人群体对加拿大农场主知之甚少，不管收入还是生活。以对农场主的年收入了解为例。

问：萨省农场主年收入多少？他们属于中产阶级吗？

答：按收入计算，萨省农场主属于加拿大的中产阶级和富裕阶层。

加拿大 Money Sense 杂志，两年前针对加拿大人财富做过一项研究。该研究将加拿大人以性别、居住地区、婚姻状态、年龄等因素划分为不同类别，定义出贫和富的不同界限。在加拿大，对于中产阶级在经济学上并没有明确定义，通常人们把收入最低的 20% 和收入最高的 20% 群体排除以后，剩下的 60% 群体都可以称为中产阶级。

根据这项研究结果，加拿大家庭平均年收入为 $91,500，将其按照平均年收入分为 5 个类别。

最低收入：家庭年收入低于 $39,100 为最穷的 20%；

低中收入：家庭年收入在 $39,101-$59,900 间为次穷的 20%；

中等收入：家庭年收入在 $59,901-$83,300 间为中间的 20%；

再往上 20% 为高中等收入：家庭年收入在 $83,301-$119,000 间；

最高端的 20% 为高收入：家庭年收入在 $119,001 以上。从上面的分类来看，收入界于 $40,000-$120,000 的家庭都可划分为中产阶级。

同样，根据财富积累程度也可以区分范畴。收入减去消费后投资累积的部分为家庭财富，包括按照现价计算全部财产，如储蓄、RRSP 等注册帐户投资，房屋、汽车、生意、以及公司退休金等，减去各种负债得到的净值。

如果家庭财产净资产低于 $41,400 为最穷的 20%；

家庭拥有净资产在 $41,400-167,000 间，属于低中水平的 20%；

家庭净资产在 $167,001-358,600 间，属于中等水平的 20%；

家庭净资产在 $358,600-697,000 间，属于高中水平的 20%；

家庭拥有 $697,000 以上，为最富的 20%。从上面的分类来看，资产界于 $40,000-$700,000 的家庭都可划分为中产阶级。

在 2009 年上半年，加拿大家庭净资产平均值为 $385,000，由于金融危机，比前两年缩水大约 10%。但加拿大人的净资产自 2003 年以来一直明显增长，到 2012 年底加拿大家庭净资产平均值为 $400,000。这项研究还表明，加拿大人的净资产是随着年龄累积，35 岁以下家庭平均净资产额为 $25,000，到了退休年龄，家庭平均净资产额达到 $420,000。

同样，根据加拿大统计局发布的加拿大人 2013 年第一季度财富统计数据显示，加拿大人均净资产（资产减去负债）为 $202,000 元，比上一季度增长了 2.1%。从家庭资产分布来看，加拿大家庭资产比重最大的还是金融资产，金融资产占净资产比重达 68.77%，在家庭持有的房产中，净资产所占比例达 66.88%，换句话说，如果房产价值为 100 万，房屋贷款只有 33.12 万。从负债与资产关系来看，负债占总资产的比例为 20.18%，占净资产比例为 25.28%，就是说加拿大人平均负债水平不算太高，自己有 100 万净资产，总负债才 25 万。

看过这份研究报告和加拿大统计局的统计数字，对照加拿大萨省农场主的收入，目前在萨省拥有 10QT 以上可耕农地的小农场主就可以达到中产阶级收入标准。拥有上百 QT 的农场主就属于富裕阶层了。

一块农地如何耕种才能够获得最大经济效益，是由农业产出能力决定。萨省农地按农业产值高低分为三类：谷类作物农地、人工牧草农地、天然牧场农地。萨省大多数耕地都适合种植谷类作物。优质肥沃农地的长期增值高于普通农地很多，尤其在粮食价格增长情况下。

农业收入与耕种方式有密切关系，土地全部由自己耕种者收益最高。一般来讲，自己耕种的农场主每 QT 土地能获得大约 1.5～4 万毛收入，去除管理费用后每个 QT 也会有 1 万元净收入，10QT 农地就有 10 万元年收入，这些小农场主自然属于加拿大中等收入之列。收益率与种植农作物品种也有很大关系，比如种植油菜籽能获得每英亩 300 多元毛收入，净收益每英亩也有 200 元左右。而种杜伦小麦（硬质优良小麦品种）收入次之，每英亩有一百元净收入，种大麦、牧草的农地收入最差。

目前，投资萨省农地的农场主中，不少人采用定制租约（Custom Farming）的耕种方式。就是购买一块农地自己管理，包括购买化肥、种子、农药等农资，但所有农田耕作、收获等种植过程均由签约专业农场主或耕种公司完成。农场主自销所有收获农作物，目前国际市场粮食价格高，以这种投资农地从事农业生产的做法，能够取得不错的收益。新入门农场主，也有采取分粮租约（crop share）的耕种模式。拥有农地的农场主与拥有农业机械的农场主自由结合，按照协议约定各付其责，收获时按照约定比例分粮食，各自实现农作物销售以获得收入，双方共同承担农耕风险。这种方式适宜于刚入门，资金与耕种经验均不足的小农场主。

投资农地全部出租者收益最低，每英亩 30～50 元年租金不等，也有优质农地每英亩租金高达 70 元。但严格讲这种不属于真正意义的农场主，只是农地投资者。在目前农产品价格与农地租金持续上涨情况下，这种投资者也可以获得不错收益率。

萨斯喀彻温省大农场主的气派

据加拿大统计局发布的农业普查结果，2006 年至 2011 年五年间，加拿大农场数量下降，但农场平均面积增加，农场经营规模扩大。2011 年加拿大农场的平均规模在 778 英亩（315 公顷），这里指的是全国农场平均规模。如果土地不足 5QT 的农场主，在萨省就是最小的农场主，而在多伦多、温哥华等城市郊区，拥有这个面积的农场就价值不菲。几年来，随着城市人口对水果、蔬菜需求量增加，导致农场价格上扬，城市郊区种植优质农产品的农场，价格每英亩价值 4 ～ 5 万或者更高。

2013 年 6 月份，我在萨省的天鹅农庄，接到朋友电话，约我第二天去萨斯卡通南边的奥特卢克镇（Outlook），参观当地一个大农场。正中下怀，求之不得的考察学习机会。第二天一早，来到朋友位于里贾纳市中心办公室，当问到这个大农场规模？朋友答曰：200 多个 QT 农地，还都是上等肥沃黑土地。乖乖！是够厉害的。

奥特卢克小镇现有人口 2204 人，坐落于萨斯喀彻温河南岸，距离萨省第一大城市萨斯卡通市仅一小时车程。奥特卢克镇附近有萨斯喀彻温河下游的加德纳大坝和科托溪水站，故拥有全省最大的灌溉项目，正在通过加强其传统农业，让这里逐步成为：未来萨斯喀彻温省的菜园子。

奥特卢克镇郊外设有萨省水利多元化应用中心，测试不同农作物与病害，旱地与灌溉。这个小镇非常干净、整齐、安静，树木茂密，是北美鸟类迁徙必经之地，每年吸引不少喜爱观鸟人士前往。小镇四周有不少露营地和高尔夫球场，也有不少竖着标牌的农业试验田，漂亮别致的房屋在蓝天白云衬托下，显得典雅而宁静。一走进这座小城，就让人有赏心悦目的感觉，明显可以看出当地民众文化素养和经济收入均在中上等水平。这里已是乡村发展出来的城市，也是服务设施城市化的乡村。

当我们一行随着向导来到大农场主的"领地"时，着实让我开了眼。连片大面积农地一望无边，刚长出来的油菜苗、麦苗，绿油油、壮乎乎。为证实这片土地肥沃，我们特地带了一把挖土小铁锹，挖开土壤，黑黝黝，油亮亮。这么肥沃的黑土地，难怪种子撒在里面很快就会生根发芽，茁壮成长。农场土地不仅要面积大，还要连成片，这样耕种管理才会方便。光看农场地头停放着的一排大型农业机械，就知道这位大农场主气派不凡，可站在我面前明明是一位白发苍苍老者。他有七十多岁年纪，高高瘦瘦的身材，一脸温和的笑容。

农场主领着我们来到地头，仔细讲解奥特卢克附近的农田和水利灌溉设施。其间，当地向导也向我们介绍这位大农场主的经历。他是在三十多岁时身揣着几十加元，从荷兰来到加拿大做农场主的。他曾是加拿大最大的养牛农场主，在阿尔伯塔省拥有大面积的牧场，现在产业已分给了六个儿子。几年前，他又进入萨省购买大量农地做种植业，眼光

大农场主

大粮仓

独到，实力非凡。短短几年时间，便拥有一个成熟稳定的耕种团队，成了远近闻名的种植业大农场主。

　　向导开车带我们在农场里绕了一大圈，土地、庄园、车队，最后来到存放粮食的大谷仓。这是迄今我看到过的最大型号谷仓了，整整齐齐列为一排，为让大伙儿了解谷仓之大，我特地上到一个谷仓的登高阶梯。站在这座庞然大物的阶梯上，人显得很小，我突然有一种敬畏感。加拿大农民都知道，谷仓是农场的标志性建筑，谷仓有多大型号，农场就有多大规模。像这种特制超大型号谷仓，恐怕在萨省当地也不多见。谷仓，显示了农场的规模和气派！

　　虽然加拿大农场没有超过各行业平均以上的投资收益，但因收益稳定和政府支持到位及免税的政策，让农场主增加不少经营积累。所以大多数农场主家境殷实，较一般城市工薪阶层富有，不少农民年龄大了，不想再经营而转让农场，都会变现出来一大笔财富。

农业是规模效益的行业，在劳动力稀缺的加拿大，人少地广的萨斯喀彻温省尤其明显。农场规模越大，土地越肥沃，年收益就越高。因规模和经营方式不同，加拿大农场主中不乏有几千万和上亿级别的大农场主。政府农业管理和服务机构星罗棋布，且分工细致，体现了加拿大政府对农业发展的充分重视，基于此，加拿大农场主经营农场就显得轻松很多，规模也容易扩大。虽然话是这么说，但个人认为，这仅仅只是一个方面，更大原因还在于大农场主具有能力、魄力和独到的眼光。

农业不是人力可把控的行业，受大自然制约变幻莫测。作为一个大农场主，要有超乎常人敏锐的知觉，快速准确地做出决断。比如：2013年的春季小麦耕种期间，按照惯例，粮食收购部门要与农场主签订小麦收购协议。根据粮食市场及收成预测，当时签约收购价格为 7.5 元 / 普尔。基于这两年粮食收购价格不断上涨及对全球粮食紧缺宣传，不少农民不愿以该价格签约，期望着秋收后小麦收购价格持续上涨。可由于当年风调雨顺，加拿大小麦大丰收，加上国际粮食市场波动及价格下跌及铁路运输部门调运紧张。导致许多没签约农民的小麦销售不出去，积压在谷仓和地头，由于手头没有现金周转造成经营困难。

当然也有休闲类型的农场主，只要求和城里打工族挣得差不多就行，住在农场税收很低且省去其它生活成本，在享受田园生活同时也过得轻松。这种农场大都位于城市郊区，或风景优美的国家公园和度假区。像萨省这种地广人稀、气候四季差异明显地区，很少见到这种休闲型农场，大都是以种、养殖业为主的经营性农场。总的来说，加拿大农业是建立在粗放、高效基础上的规模化经济，因此土地面积大且专业化程度高，及粮、草、畜一体化配套的大型农场收益就高。

加拿大粮食丰收以后

　　加拿大国家广播电台消息，2013 年是加拿大农业大丰收年，收获的小麦、大麦、燕麦、油菜等谷物比去年增加 50%，且去年已经是好年景了。

　　据 2013 年 12 月 4 日消息，加拿大统计局公布的产量报告显示，今年小麦及油菜籽产量高于预期。统计局在报告中称，对农户调查显示，有利天气提升了西部省份的作物单产。估计小麦总产量为 3753 万吨，远高于 10 月预估的 3300 万吨，亦高于市场平均预期的 3380 万吨，较 2012 年增加 38%，且高于市场预期。该水平刷新了 1990 年创下的 3210 万吨纪录。加拿大 2013 年油菜籽产量料达 1796 万吨，高于统计局此前预估近 1600 万吨，亦高于市场平均预期的 1690 万吨。上一纪录为 2011 年创下的 1460 万吨。

　　然而，面对谷物满仓的丰收景象，加拿大农场主们却笑不起来。农场主们丰收却不快乐的原因主要有两个：一个是供求关系决定，谷物丰收导致粮价下降，产量高也将推动价格走低，农场主卖出去的粮食虽然多了，但总收入却几乎没怎么增加；第二是铁路运输不畅，农场主们收获的小麦、大麦、燕麦和油料作物运送不出去，谷物运不出去，钱就进不了农场主口袋。

　　在芝加哥期货交易所，小麦期货价格在过去 12 个月里下跌了 23 个百分点，而温尼伯油菜籽期货价格也下跌了 20 个百分点。加拿大政府预计，2013 年粮食和油籽价格将平均下跌三成之多。由于供应激增，不仅导致粮食价格承压，加拿大国内储藏体系也备受压力。据西部谷物粮食协会数据，加拿大出口粮食 95% 靠铁路运输，粮食丰收创下纪录，市场需求量是供应量的两倍以上。给本来运输服务能力落后的加拿大铁路和陆运汽车物流加剧了压力和挑战，令铁路运输系统不堪重负。

据加拿大温尼伯的西部粮仓协会执行总裁称，加拿大两家主要铁路运营商，加拿大国家铁路公司（CN）以及加拿大太平洋铁路公司（CP），每周运输10,000至11,000重车到出口码头，已经创下历史高位。但粮食公司又订购一周至12,000辆，为满足目前每周的运粮需求，再加上清理原本积压的铁路运输货物，一周需要20,000至22,000辆。

加拿大国家铁路公司发言人表示，该公司每周向粮食仓库提供大约5500个车皮，比五年均值高出15%，也是历史上的最高值。如果供应更多车皮，将导致港口外运出现滞期。他打个比方，现在情况类似于高速路上出现高峰堵车。如果路上车太多，就会交通堵塞，谁都动不了。粮食供应链也是如此。即使铁路把粮食运到港口，还是不能卸货只能等着。但一些加拿大农场主指出，由于合同限制加拿大铁路公司不能提高农作物的运价，铁路公司更愿意优先运送那些愿意支付较高运费公司的货物，比如用油罐车运送原油。农场主们说，加拿大铁路系统运送的原油吨数连创纪录，这肯定挤占了铁路运送粮食的能力。

不管如何？丰收总比灾年好。2012和2013年，加拿大连续两年的粮食大丰收，让农场主的口袋鼓了起来，对农业耕种的热情高涨，吸引投资农业和农地的人们蜂拥而至。致使购买农地和租种农地市场价格随之上涨，一些农业公司和经纪公司也都赚的钵满，对投资农地的宣传力度异常地高调。

笔者认为：在全世界范围内，近几年都是投资农业最佳时机。但基于农业行业的特殊性，千万不能头脑发热，更不能有投机心理和暴

临时储粮袋

利想法。需要对投资农业有一个基本把握，即非暴利和有风险。

　　农业是靠天吃饭的行业，抗自然风险能力弱，同时，如今商品社会已不同于传统农耕时代，农民家里有粮食就等于拥有了一切。现代农场主除去关注粮食产量外，更关心的是粮食价格及进到自己口袋现金量，这才是最实在收入。种地成本增加了，粮食卖不到以往价格就等于收入减少，加拿大农民懂这个理。前些年，加拿大粮食丰收而粮价持续下跌，让农场主们吃尽了苦头。为了消化粮食积存，政府鼓励发展养猪业，最后导致投资者血本无归的教训记忆犹新。

　　2013年底，萨省农地购买和出租市场都开始出现微小变化。农地市场的主力军 —— 萨省农场主们变得谨慎起来，比起去冬、今春的投资热情降温不少，他们懂得：没有一直上涨的市场，也没有扶不起来的价格，粮食价格与农业投资收益是随着市场需求而波动起伏。因此，无论是投资农业项目或者准备做农场主，都要有长期打算和规划。并且，农业行情上涨与下跌都是一个缓慢过程，一般需要2～3年的时间和波段。做到上涨时不要膨胀，下滑时不要气馁，踏踏实实做好农民份内事情，全面准确把握市场行情变化，才能得到长期稳定的回报和收益。

农地是被华人炒高的吗？

最近，加拿大当地媒体有一种不太和谐的声音：加拿大近年农地价格高涨与华人大量投资有关。言外有指责之意，且得到部分加拿大本地人赞同。几年来亲历华人投资农地的起始。我回答是否定的！

这些天，在与萨省的华人农地经纪人聊天时，我提问：现在萨省范围内，华裔（包括购农地的大户和散户）已购买的农地数量到底有多少？

一位回答：1 千个 QT 以上吧。

一位回答：撑到底也不会到 2 千个 QT。

又问：萨省可耕农地面积是多少？。

回答：40 万个 QT。

华人在萨省拥有的农地数量，在萨省农地总量中才占不到 0.1% 的比例，并且绝大部分不是自己耕种的投资行为。华人拥有这么一点点农地数量对萨省农地整体来说，真是少的可怜。不能否认，近年来有个别华人农地经纪公司对部分华人"炒农地"起了推波助澜作用，也给华人投资农地行为带来不良影响。但面对数量浩瀚的加拿大农地市场，毕竟是极少量农地和极少数人，不足以作为加拿大农地上涨趋势的主要因素，连次要因素都算不上，甚至只能称得上微乎其微。

近年来，加拿大农地连年上涨是不争的事实。统计数字显示，加拿大 2008 年以来全国平均农地价格每年平均上升 12%，超过通货膨胀率至少 5 倍；魁北克省的农地价格去年更是升值 19.4%。甚至有些省份农田价值去年升值了 20% 之后，加拿大一些经济专家对此表示担心，认为可能是危机形成的前兆。这个统计数字是全国范围内，投资农地是否升值要看区域和地方，也要看购买农地意图和愿望。并不是所有的农地投资上涨幅度都会这么高，与当地农地底价和用途有着密不可分的关系。

就本人投资 BC 省和萨省农地相比较，就有着很大差别。5 年前我在 BC 省米逊（Mission）投资 10 英亩农地，这里紧靠美国，有雪山有湖泊，离温哥华不到 2 小时车程，是一个风景优美的休闲度假区。40 万加元的购买价格，现在挂牌出售也只是 46 万，除去每年的地产税，投资能够持平已经很不错了。这种面积小、价格高的农地没有投资价值，在加拿大劳动力昂贵情况下耕种不合算，只能做蓝莓等特有水果种植农场，也有华人做饲养走地鸡的养殖场。

也有不少华人朋友在温哥华本地购买农地，几乎不升值，他们购买也只是为了享受城郊田园生活而已。在温哥华各个城市的边缘部位，都有不少豪宅建在农地上，这些大面积豪宅如果建在城市住宅区里，光每年地产税就要付出一大笔钱。而建在农地既圆了主人住豪宅的愿望，又不用付大笔的地产税，何乐而不为？已成为一批富人合理避税的一种方式。其实，投资农地是华人投资项目中最不熟悉也不擅长的领域，因为不管是来自于大陆、香港和台湾的华人移民群体，做农业懂农业人才不多。萨省农地的华人投资者，大部分是为了高投资回报而去，也有少数像本人这种喜欢过田园生活，大都看好萨省农地稳定的投资回报。

几年前，萨省农地价格相对低廉升值快，租地耕种的当地农场主也多，对于不熟悉加拿大农业的华人移民来说，不管是出租等着农地升值，还是自己慢慢进入农业耕种，都是非常合算的投资项目。但随着萨省农地升值幅度趋缓，距离远不易管理，仅靠较低的农地出租回报率，已经让越来越多的零散投资者出售农地退场。留下来的大都是喜欢乡村生活或愿意做农场主的华人移民，这些人会逐步融入萨省农场主圈子，成为真正的加拿大农场主。

个人认为：华人农场主群体不大且增长速度会很慢，由于华人移民的传统观念和生活习惯距离萨省农民较远，特别是年轻华人愿做农场主的更少。加上加拿大各地政府的农地保护政策，对外国企业和个人对农地投资有着严格的限制，由此，华人不会成为加拿大农地的主要投资者。

当看到农地连年以超过 10% 速度升值时，一般人都会认为是件好事情，对于已经拥有农地的农场主和投资者来说，他们是赢家；但对于那些想接手农田的新一代农民来说事情就不妙，这也是当地农民对华人炒卖农地现象反感的主要原因，因为大部分接盘农地的还是当地农场主群体。考虑加拿大全国务农人口的平均年龄已近六十岁的现实，今后 5 年内还会有 50% 农地要转手出售。再加上这些准备退休的老农场主中，有 75% 没有家庭成员接手农场，他们只能选择在市场上出售。如果农地按现在速度持续上涨的话，会使那些想经营农场的新人，和想继续扩大耕种规模的当地农场主，面临有心无力的境况，对加拿大农业发展不利。

虽然加拿大农业的业内人士，估计加拿大农地价格已高得严重脱离应有价值，但仍有一些专家认为加拿大农地还会继续升值，只是升值幅度不会象过去几年那么大而已。本人也持这种观点，因为加拿大特别是萨省的农地价格，对比加拿大周边省份和其他国家农地价格仍然不高。联合国研究显示，随着世界人口增加和生活水平提高，今后 20 年世界农作物产量加倍才能满足世界人口需要。人类生活需求从长远来说也是促使农地进一步升值的重要因素，因此，土地资源稀缺性会造成全球农地价格上涨。

何况加拿大有着稳定的社会人文环境，良好的生态农业资源，高度机械化耕种的基础条件，让加拿大农业具备了相当充足的发展空间和实力。期望有更多的华人年轻人投身于农业行业，这是一个充满诱惑的传统行业又是一个新兴朝阳产业。相信农场主在今后会成为一个相当诱人的职业。

华人投资农地在降温

周六，一个大太阳又无风的日子。邮局大妈说下周有寒流降温，说不定还会下雪，小师妹把要清洗的衣服全部拿出来洗完后在阳台晾晒。没想到，有不少朋友也来农庄凑热闹！

正午时分，萨省农夫打来电话，说下午带朋友一起来天鹅农庄认认门。秋收结束，他下周准备回奈奈莫与妻女会合过冬了。电话里约好包饺子，农夫说他是包饺子高手，我赶紧准备揉面粉。小师妹约我到地头掐豌豆苗，趁天还暖和，多掐一些放在冰箱里招待朋友。一会儿，房子跑进来一个男孩子，原来是罗宾汉的儿子，周末让爸爸带他来农庄看喂养的小动物。罗宾汉放下孩子就到养羊场忙乎了，约好晚上回来吃饭，正好与萨省农夫见面聊天。

又接到一位地产经纪朋友的电话，要带几位客户到萨省南部看农地，顺便拐到天鹅农庄坐坐。客人是来自温哥华有意投资萨省农地的华人朋友，想看看早几年进入萨省的华人农场主是怎么在农庄居住和生活？眼见为实，能够亲眼看到早期进入的华人农场主现状，会让他们更客观地面对萨省的农地投资项目。

看到他们认真收集萨省农业资料，实地考察农地状况，打心里为他们喝彩。经过三年时间，华人进入萨省投资农地由最初的盲目、冲动，变成踏实、准确地定位。不能说不是一种成熟，是理性思考后的结果。

最初投资萨省农地的华人群体，除了像萨省农夫、傅家兵等为数不多对萨省农地有过认真考察调研外。大部分是根据媒体宣传、专业讲座决定投资的，是一种盲从与冲动的投资行为。甚至许多投资者连购买的农地啥样都没看就下单购买，其购买过程隐藏了不少隐患。包括我本人，当初购买比较草率，没有对所购农地进行实地勘查。在对萨省农业资料和信息均不了解情况下，就开始大面积购买，缺少必要的考察过程。

尽管我在国内有多年从事农业的经验和经历，但对加拿大尤其是萨省农业状况并不熟悉。农业项目属于长线投资，有其特殊的行业特征，也是众多华人投资者不熟悉的领域。中国改革开放这些年来，农业始终是高投入、低产出的基础行业，无法与房地产、能源产业、高科技等行业相比。这些年迅速积累财富的中国新贵们，大都与农业无缘。近年热衷于农业的投资者，大部分也是冲着土地高昂增值空间而来，并不真正投入其中。同理，加拿大的华人投资移民，也具有国内的投资理念与价值观。再加上一些不切实际的宣传和引导，造成投资者期望值远远大于实际价值，投资热潮最终会因现实回报不足而降温。

回顾三年来投资农地过程。充分体会到了当地政府对农地投资规定的严格把控，当地农民对新投资者的矛盾心理，新投资者对实际操作的无知和无奈。许多来自中国的华人投资者，没有实际耕种能力，也没有到此地生活的愿望。同房地产投资一样，只把它作为一项简单的投资行为，这种投资结果只会造成投资泡沫，价格与价值分离，这是哪个政府也不愿意看到的结果。

农业还是一个风险极大的行业，加拿大农业基本靠天吃饭，没有基本灌溉条件和设施。加拿大农民收益与风险共存，特别是小农场主抗风险能力差，遇到天灾水患无法维持生产。加拿大农业发展历程也是不断集约化的过程，越来越多小农场主离开农业和土地，同时出现不少越来越大规模的农场，不管是种植业和养殖业，规模效益不言而喻。

作为农地投资者，几个 QT 农地的小投资，无法形成规模种植业和养殖业，让当地农民租种都困难。如果地块距离与土地状况差别较大的话，租地农民不会给出很高的租金，仅靠出租农地收益，恐怕连贷款利息都难支付。农地状况又非常复杂，农地评估也比房产评估困难许多，不单是土地本身各项指标，就是不同耕种者就会让农地在短短几年发生很大变化。不熟悉农业生产过程，不了解耕种者的水平，仅出租农地都无法把控，就别提较高的投资回报了。

加拿大农业投资银行 FCC，最初给予农地投资者非常优惠的贷款政策，后来发现许多华人投资者不参与农业生产，只是期望投资升值。便很快修改农地贷款政策，增加农地投资的贷款难度。2013 年更是收紧贷款政策，给投资者设置更多限制，以减少盲目投资的可能。

静观第一批进入萨省农地的华人投资者，在此地实际耕作和居住者寥寥无几，严格意义上本人也不够格。大多数华人农地投资者很少光顾农场，更不用说参与生产经营。毕竟做加拿大农民不是一件容易事情，单在种植季节到农场踏踏实实住半年都很难，做全年饲养的养殖生产更困难。仅是农庄生活的寂寞和荒凉，就足以让众多华人投资者望而却步，何况再加上农业生产的辛苦和身心投入。昨日，几位伙伴在我家聚会时调侃道：三年过去了，在萨省居住的还是最初杀进来这几位华人。前几年成群华人投资者到农场考察的身影，现在越来越少见，来的多是大投资者，投资行为也更加谨慎。

个人认为，华人投资农地的热情降温是一件好事情。大量分散和小投资者消失，进入的是一些真正对农业感兴趣，也有投资实力的企业家。说明华人投资者的投资行为更加理性，农业会成为愿意在此淘金，也有能力淘金者的乐土。中加农业资源和市场的互补，也会吸引更多国内投资者加入农业相关产业。

投资农地的美丽陷阱

半月前，在博客上看到一位年轻女网友留言，说读了《我在加拿大做农场主》以后，对投资萨省农地产生了浓厚兴趣，已经飞到萨省看地了。突然间，我感到一种无形压力，我的书无意中被当做投资农地宣传品了，让不少人片面地接受投资萨省农地乐观一面，忽视投资农地的实际风险。这种风险有些来自大自然，也有人为因素所致，不能只为投资者画出一个美丽的大饼，"面包会有的，一切都会有的"。

自从到萨省做一名不称职的农场主后，便有了越来越深体验：投资萨省农地是一件相当复杂的事情，决不是一些农地中介宣传的那么简单，可以轻松地赚大钱。我写书本意：是如实陈述做农场主的心理路程和经过，让后来者能够从自己的经验和教训中受到一些启发。《我在加拿大做农场主》是2011年刚进入萨省购买农地的经历，现在这本是《天鹅农场的女人》，记录三年来住在萨省天鹅农庄从事养殖业、种植业的真实路程。可能还会写第三本，总结自己五年来投资农地的深刻体验，五年时间也许可以解读萨省农业许多事情。

这次回萨省农庄，无意间在里贾纳遇上了在博客留言那位年轻人，她和母亲（一位60岁的大姐）一起到萨省看农地。通过交谈知道母女俩的有关情况，也如实地向她们交流我对投资农地的体会和观点。

安顿生活： 女儿是刚登陆才几天的新移民，别说了解萨省情况，就是对整个加拿大都知之甚少。母亲这次入境办的旅游签证，没有

英语能力，只是陪伴女儿处理登陆后的必需事宜。还有一个六岁的外孙女，暂时留在国内家里。我建议她们首先选定以后长期居住的地方，先把家安顿下来，办理新移民应该完成诸如：驾照、医疗卡、银行卡等系列手续。当移民来到新的国度，首先考虑的是安顿生活，而不是投资项目，更何况是老少三代弱女子。

投资实力：母女两人的经济实力在国内只能算是中等收入，在

背后没有强有力经济支撑时，应该用手头仅有的钱先安排好家庭生活。如果新移民手头只有一百万加元资金，要先用来购车、买房、租房等，剩余钱再考虑投资。千万不要只听中介宣传，把仅有资金全部投资农地，因为农地是一个长期投资项目，不会马上有钱返回。何况这点钱按目前农地市场价格，投资不了几个 QT 农地，也买不到质量好的农地。

实操能力：投资萨省农地有两种模式，一种是自己实际耕种或合作耕种；一种是纯粹投资，购买农地然后出租，净收租金。显然这一家老少三口不具备自己来萨省耕种的条件，我在博文里多次强调：萨省农场是男性的世界，女人很难维持农场经营。如果打算在萨省安家还有可能照料自己的农地，按时收回租金。何况她们准备定居温哥华，对远在萨省的农地管理肯定是鞭长莫及。

有一位温哥华的律师朋友，早年在萨省投资一些农地，就在萨省南部凯维尔周边，和我所购农地相邻。当时购买价格应该非常便宜，可由于无力照料，土地长期没有得到耕种，现在已是荒地一片。2013 年委托一位农民在地里播种大麦，当我路过时，看到麦苗在杂草中露出瘦弱的脑袋，肯定还不如种植牧草的收成。农地价格和土地耕种情况密切相关，一块原本并不好的农地，经过农民几年精耕细作，土地价格就会很快上升。一块不错的农地，荒芜多年杂草丛生，价格就会下跌很多。

投资回报：当谈到投资回报时，母女俩说：每年给投资额 4% 的固定地租回报，如果联合耕种可达到 1 个 QT 每年 1 万元收益。我不知道这一万元收益是怎么算出来的？农地耕种收益与农地质量、种植作物品种、当年粮食市场价格、气候条件等都有着密切关系，如果不考虑这些因素，怎么能够得出每年固定收益率？如上面所提那位律师朋友的土地，又如何算出多少投资回报？

我的观点：农地是一个长期的投资项目，不可能立竿见影，大把回钱。因为农地出租也不是一件简单事情，本人这几年出租农地已吃过苦头，要找到一个能够长期耕种的好农场主实属不易。大农场主都喜欢连片土地，土质肥沃，距离不远，耕作起来方便省力。如果本身土地质量低劣，再遇到粗糙耕种的农民，地租回报肯定高不到哪里。

联合耕种：联合耕种是萨省农民常见的一种耕作方法，不少华人农场主也采用这种合作耕种模式。对于土地规模不大，资本不雄厚，或是刚进入种植业的新农民来说，不失为一种有效互助耕种方式。有些农民购置农业机械过剩而土地资源不多，有些农民有土地则缺乏配套农机具，刚进入新农民则缺乏种植经验。具备各自条件的农民自愿结合，约定好流动资金（种子、肥料、农药等）、土地、机械设备和劳动力的出资与分成比例，大部分是分成粮食各自出售。这种模式相对单纯出租土地来说，收益率会高，同时也要承担耕种风险。作为打算长期投身种植业的农场主来说，联合耕种是学习耕作经验，逐步走向稳定收益的好方法。

调查了解：购买农地首先要实地勘察，这种考察又要建立在充分了解当地农地资料情况之上。当问到这对母女的实地考察，几乎让人啼笑皆非。她们刚登陆几天，在对萨省农地常识一无所知情况下，经中介公司宣传鼓动，便来到萨省进行农地现场考察。寒冷冬季冰天雪地分不清东西南北，厚厚的积雪看不清农地实际状况，池塘水面也早已被积雪覆盖，只能依赖中介公司的良心了。无论是投资农地还是购买农场自己经营，投资者在做出投资决策之前，要做足调查了解这项功课。比如：政府对农地的评估资料、生产成本分析、土地市场价格评估等，以做到有备而来，降低投资风险。

购置农场是用于长远投资，还是自己经营，或者是用于出租，投资者心中都要有明确的打算和规划。结合萨省实际情况来看，农场投资这个项目听起来确实很有诱惑力，但是投资者最终是否能够把握机遇，降低风险，实现资产增值，这就不是一件简单的事情了。

油菜花开

萨斯喀彻温冬季牧场

我尽管在北方长大，毕竟故乡黄河流域气候比起东北、新疆、内蒙古又温暖许多，小时候只经历过零下二十几度的寒冷。记得一年冬季，和朋友坐火车到黑龙江的黑河市，一出温暖的火车厢，零下四十度严寒让我立马有了寒风刺骨的感受，风刮在脸上似刀割般痛，不一会儿就麻木了。这是我人生记忆中最寒冷一次体验，每当提起寒冬便据此作评判依据。萨省寒冷的冬季，给来自温暖地带的新移民带来心理恐惧。许多居住温哥华的朋友，从未在冬季到过加拿大东部地区，每当提到萨省农场，首先会发问：那里的冬季怎么度过？

2012 年冬季我在国内，没能亲眼目睹萨省冬季牧场状况，只在邮件和电话听罗宾汉聊雪季牧场发生的事情。比如：积雪太厚，致使羊群吃草都成了问题，要用推土机把堆积在羊舍周围雪除掉，才能把牧草送到棚舍饲喂；拖拉机陷在雪窝里动弹不得，只好让邻居开大铲车前来救援；冬季找不到愿意住在羊场的员工，天寒地冻，在羊场生活和工作有着许多不便。这些都是草原省养殖业长期面临且至今未得到解决的老问题。

加拿大草地资源丰富，天然草原集中在中西部且与美国北部草原连成一片，构成北美大草原。大草原区属大陆性气候，冬冷夏热且干燥，年均降水 340 毫米～550 毫米，无霜期 100 天左右，气候条件与中国北方某些牧区相似。由于气候寒冷，土壤条件较差，在 20 世纪 80 年初，加拿大农田仅占土地面积的 7%，其中耕地只占 2/3，其余 1/3 为永久放牧地。加拿大为农牧业并重国家，草业较发达，畜牧业产值占农业总产值 50% 以上，畜牧业总收入中草食牲畜及其产品如牛肉、牛奶及牛奶制品收入又占近70%。由此可见，在干燥寒冷地区或地形不宜种植农作物地区，适宜发展草食家畜饲养业。

加拿大拥有非常发达的牧草业，有2000万公顷人工草场和天然草场用于放牧，还有人工干草和饲料作物730万公顷。在这些人工干草中，440万公顷是苜蓿或苜蓿混合草，另外310万公顷土地用于种子生产，包括草坪草、禾本科草、豆科草或天然牧草种子生产。同时，牧草也是养殖业间接收入，这里地广人稀，虽然劳动力缺乏，但采用大型、先进的牧草机械，其劳动生产率很高，可为牧草经营者带来可观收入。

当初进入萨省农业，首选养羊业作为自营项目，也是看好萨省南部的自然条件适宜草食家畜养殖业生产。这里气候较温和，地广人稀，草类茂盛，土地租金低，适宜大牧场放牧，具有养殖成本低，生产规模大，商品率高的特点。

国际市场对羊肉需求量增加和羊肉价格提高，使全球羊肉产量持续增长。为顺应日益增长的国际市场需求，英国、法国、美国、新西兰等历史养羊大国，如今养羊业主体都已变为肉羊生产，历史以产羊毛为主的澳大利亚、前苏联、阿根廷等国，其肉羊生产也转居重要地位。

萨省地广人稀，有着辽阔的土地资源，放牧成本低廉。牧草种植业发达，机械化程度高，当地农民有着长期的肉牛养殖经验，非常适宜发展肉羊业。由于萨省当地居民大都来自于英格兰、苏格兰等欧洲国家，习惯吃牛肉而没有消费羊肉的习惯，故加拿大养羊业始终没有得到快速发展。近年来，随着中东、东亚及信奉穆斯林移民大批量涌入，对羊肉消费需求日益增加后，才为加拿大养羊业带来了发展机会和条件。

基于以上客观分析，我们四位华人农场主合伙成立"草原羊业公司"。在参观草原省、安省部分种羊和肉羊场后，于2011年下半年在萨省南部建立养羊场，从事种羊及肉羊繁殖与生产。同进入种植业的华人农场主一样，养羊场也经历了学习摸索阶段。两年时间过去，羊场已初具规模。基建从零开始，设施从无到有，在空旷农地上建起一个生机勃勃的种羊场。虽然规模不大，也走过"摸着石头过河"的路途，但毕竟平稳地走过来了。积累饲养经验，为下一步羊场的发展奠定基础，已非常不易。

　　在萨省从事养殖业，首先遇到的困扰就是劳动力缺乏。尤其是从事养殖业的劳动力更是严重短缺，已成为制约该行业发展瓶颈。与萨省养羊协会沟通过有关情况，他们认为：劳动力缺乏是萨省养殖业普遍存在的问题。我们也尝试过各种解决方法，可惜至今未果。从海外引进劳动力行不通，通过广告招聘、朋友推荐来的员工，也没有长期留下来的。

　　种植业虽有大自然天灾人祸之风险，但毕竟还有季节性休养生息。可养殖行业，一年四季，春夏秋冬，只要牲畜养在牧场，饲养者就要守候在牧场。加上萨省农业劳动力紧缺，致使养殖业劳动力成本居高不下，本来就不高的养殖利润被劳动力成本消减大半。所以，长期以来萨省养殖业一直处于两端模式：即小型家庭养殖业及大型规模化养殖业，中小型养殖场很难长期生存。要使养殖业得以良好稳定发展，减少劳动力成本，突破用工多的养殖模式日显重要。

　　从事畜牧业三十多年经历，深刻体会到：畜牧业是农业领域中最要用心的一个行业。牲畜是活体动物，饲养者要时刻关注其生长状态，计算其饲养成本，才能达到良好的经济效益。稍有不慎就会全军覆没，中国有句古语："家财万贯，带毛的不算"，一语道出了养殖业的风险。

上：冬日土妞
下：雪地牧场

农场主的分化与转型

加拿大统计局公布 2011 年农业普查结果显示，虽然加拿大农场数目减少，但农业用地总面积和整体收入均攀升 4%，显示加拿大农业发展依然稳健。与 2006 年统计数字相比，2011 年加拿大农场数目减少 10.3%，由 229，373 个缩减至 205，730 个，农场经营者人数亦减少 10.1%，农场平均面积增加 7% 至 778 英亩，显示农场减少主因是合并经营，而非农业萎缩。受惠于商品和谷物价格高企，2010 年全国农业总收入达 511 亿加元。收入超过 100 万加元的农场数目大幅飙升 31.2%，超过 50 万加元的亦上升 3%，共占全国农场数目 11.5%。

农场转型亦是收入上升原因之一。加拿大农业昔日以小型畜牧场为主，养牛产业一度是农业骨干产业。统计数字显示，2010 年谷物和牛肉产量在全国农业收入比率中各占一半，而谷物和油籽类植物所占全国农业收入比率，由 2006 年的 26.9% 上升至三成，而养牛场则从 26.3% 下降至 18.2%。农场主转变农作物种植种类，力求在强劲的农作物市场中获利。

过去加拿大有许多小农场主，自己拥有几 QT 农地，土地不足时也租种别人农地耕种。这些小农场主由于资本小、收益低，农用机械更新能力差，大多是大农场主淘汰的二手设备。在当地二手农机拍卖会看到，旧设备接手者大都是这些小农场主群体。虽然他们机械耕种成本便宜但耕种效率也低，不能在短期农忙季节中发挥最大效能，故耕种土地面积少，收益低。甚至不足以养家糊口，每年要靠家庭饲养业增加收入弥补家庭开支，有时需要打短工维持生计。这些小农场主群体，在加拿大农业逐步走向集约化进程中，会被慢慢分化转型而最后自动消失。

草原养羊公司兼职员工赫门，就是这类小农场主代表。赫门五十

上：农民赫门
下：大型收割机

多岁，出生于当地农民家庭，成年后仍然从事农场主职业。他自己拥有4QT农地，又租别人4QT农地耕种。赫门仅靠种植收入不足以养家，农闲时兼职做装修工、农机修理工等补贴家用。2012年夏季他看到当地农地升值，干脆卖掉属于自己的4QT农地，正式开始全年的兼职工作，除了在养羊场兼职外，赫门还兼做装修工程、机械维护等活计。

赫门是一位典型的加拿大农民，单纯朴实，踏实肯干。脸上永远挂着微笑，性格快乐又平和，从他的眼睛里能看到孩童般纯净眼神。交给赫门做事你会非常放心，不管有人无人，赫门都会认认真真、尽职尽责去做。女儿结婚成家后去了外地，他与同居女友住在穆斯乔，女友在穆斯乔上班，拿着一小时20加元的薪水。赫门则习惯自由自在的农民生活，不愿意早九晚五上班，卖掉农地后仍然快乐地做零工。当地有许多像赫门这样的小农场主，卖掉农地后转型为工人和自由职业者。也看到不少小农场主，卖掉土地后为大农场主打工，在劳动力日益紧缺的加拿大农村，这些熟悉农业技术的农民非常受欢迎，工作待遇也不低。

加拿大也有许多中、小型农场主，他们懂得农业技术和管理，不断扩大耕种规模和高产作物种植面积，及时更换大型新式农业机械设备，提高农业生产收益率。有农地购入的有利价格和时机，再不断购入更多连片农地，用这种"滚雪球"方式持续积累土地资源，逐渐成了当地的大农场主。虽然加拿大农场经营者人数减少，农业用地总面积和整体收入均攀升，在这个过程中，同时也造就出一批新的大、中型农场主，他们已经成为加拿大农业的主力军。

当地农民朋友皮特就是这样的农场主。皮特是当地人公认的合格农场主，他精通农时，熟悉农机，把握时节，精耕细作。即使较差农地，经过皮特耕种几年后就会发生很大变化，粮食产量不断提高。皮特自己拥有土地不算多，有三十几QT，可他每年的农业收入在当地较高。附近有闲置农地的农民，喜欢把土地租给像皮特这种有经验有责任心的农场主耕种，这样能够不断提高农地等级，给农地所有者带来长期经济效益。羊场附近有一块农地土质较差，政府评估价格也低，皮特当时签约租种时价格不高。可经过几年耕种，现在这块农地的产量和收成远远高于周边好地，当我亲眼看到庄稼长势非常茂盛时，不相信这是附近当年最差地块。

加拿大不断发展的农业机械化带动了农业生产高度集约化，伴随而来就是传统农场主群体的分化与转型。田间生产大都依靠大型农机具和现代化设施完成，农民主要工作就是监控、操作和维护机械设备，并完成难以用机器替代的其它工作。加拿大农业机械的消费者较固定，对本土品牌忠实度非常高。由于市场与客户成熟稳定，市场品牌不杂乱，农场使用大部分农机设备从主机到农机具以约翰迪尔（JOHNDEERE）为主，农场主基本提前与经销商订货。配件储备充足与服务系统完善，由于劳动力紧张，人工维修费很高，经销商主要利润来自配件和维修费用，维修费用不低于30加元／小时。

租种天鹅农场土地的农场主杜因，属于当地中型规模农场主，他一直在朝着大农场主努力。杜因擅长利用政府优惠政策，不断更新农机设备，他的农机设备在当地总是最好最新，拥有足够的机械力，通过扩大耕种面积提高农业收益。杜因自己拥有农地只有几十QT，加上租地和合作耕种，2013年扩大种植面积达一百QT。连续几年的农业丰收让杜因粮囤爆满，经济收入不断增加。尽管杜因的耕作管理略显粗糙，精细程度也比不上皮特，可他依靠农机设备不断更新换代，已获得不错的农业生产收益率和不菲的个人财富积累。从小农场主到中型农场主，现在依然信心满满往大农场主目标奔，相信他会不断提高农业生产管理水平，获得人生价值追求的成功。

中国有句古话："有志者事竟成"。

加拿大农场主的严冬

　　2013 年加拿大粮食大丰收，带给加拿大农场主的喜悦只是短暂金秋季节。今年萨省冬季来的特别早，10 月底雪花就已经在天空飘落。12 月 23 日，圣诞将至，省会里贾纳迎来全年最低气温 -32℃，加上风冷，清晨实际气温达到 -47℃。可谓今年入冬以来最冷的一天。加拿大农场主心里"严冬"也降临了。

　　2013 年末，萨省农场主心理焦虑越来越盛，丰收的粮食卖不出去，眼看着粮食价格行情一路下跌。不好信息一个接一个传来，粮食全面大丰收，粮食运输线路不畅，要命的是国际粮食期货价格一路下跌，严重冲击着农场主能够承受的心理底线。越来越多交易商预计 3 月小麦期货价格，明年初将远低于 6 美元，明确提示未来几个月小麦市场将更加疲弱。

　　据加拿大农业部 12 月 20 日发布的展望报告称，尽管 2013/14 年度加拿大主要农作物产量提高 20%，但大多数谷物及油籽价格下跌，部分抵消了产量提高给农民带来的经济收益。报告预计 2013/14 年度的油菜籽价格将下跌 22%，亚麻籽价格将下跌 10%，大豆价格将下跌 15 到 20%，杜伦麦价格将下跌 20 到 30%，其他小麦价格将下跌 15 到 30%。大麦价格可能下跌 30%，玉米价格预计将比 2012/13 年度下跌 30 到 50%。

　　加拿大农场主开始恐慌了。

　　90 年代初粮食大丰收导致不少农场主破产的情景，至今让加拿大农民记忆犹新，他们不愿意重走覆辙，要提前做好度"严冬"准备。粮食价格下跌，维持种植利润就要降低种植成本，首先从购地、租地

冬日农庄

开始。短短两个月，当地农民购地热情急剧下降到冰点。我本打算把位于萨省北部十几个 QT 农地卖掉，调整到南部集中耕种。与农地经纪公司签约时间 10 月底，经纪人说当时打电话咨询的人络绎不断，有兴趣购买者不在少数。可迟迟不见下单签约，到了 12 月底，电话咨询者几乎瞬间消失。粮食价格一路下跌，农地价格也随之而降，农地购买者都在持币观望。

萨省租地价格也急转直下。有位卡尔加里华人朋友，新近购入一块质量相当好的农地，土地平整肥沃，政府评级高。秋收刚结束，有当地农场主愿意出 55 元 /1 英亩租金耕种。当时这位朋友没急于签约，按常识，租农地签约一般都在上年底或下年初。眼看到粮食价格持续下跌，农民耕种积极性不断降低，这位朋友急忙找原来愿

围栏塘柳

意租种的那位农场主联系签约。可对方回复：签约可以，每英亩35元租金。不到两个月时间，租金从55元直降到35元，这点租金连付投资农地利息都不够。当他还在犹豫是否签约时，有经验的当地朋友提醒道：有愿意租种的农民，无论什么价格你都要先签了再说。因为在萨省粮食过剩年代，曾经出现过零地租现象。农地不能搁置不种，一年不进行耕种管理，再复耕成本就会远远高于连年耕作，农民都懂这个理。

也许，当地农场主过于紧张与恐慌了。如今对粮食价格有两种市场预测：一种是乐观预测，粮食丰收后出现短期价格下跌实属正常，待消化掉积存后粮食价格还会慢慢回升。一种是悲观预测，这次粮食丰收与价格下跌由诸多因素造成，可能需要2～3年周期才能回复到正常价位。其回复速度不但与2014年粮食产量有密切关系，也与明年2～3月份南美地区的粮食收成有关，待明年春季才能够做出比较准确判断。

加拿大农场主恐慌有其客观原因。近几年由于国际粮食价格不断上涨，给农民带来投资农业的热情，随之而来是：农地价格上涨，种子、化肥、农药、除草剂价格上升，加大购买农机设备投资，农业劳动力成本增加等。在种植业成本不断提高情况下，如果小麦价格跌到4～5元/蒲式耳，耕种农民就要赔本。每年2月15日是加拿大农业信贷组织（FCC）贷款到期日，到期还不上贷款的农场主可能面临破产，当然这种情况不会普遍存在。

2013年加拿大粮食产量大幅度增加原因，除亩产量增加外，也与种植面积不断扩大有关。由于粮食价格上涨，耕种土地面积显得越发重要，不少农场主把种植牧草的土地改种粮食作物，由过去的"退田还草"倒过来"退草还田"。

华人农场主如何面对粮食过剩带来的危机？

笔者认为，要充分了解中国农产品市场需求，及时调整自己的种、养植结构。中国农业"十二五"规划：确保粮食基本自给，立足国内实现基本自给，确保自给率 95％以上，其中水稻、小麦、玉米三大粮食作物自给率达到 100％。对人口大国而言，基本做法是优先确保谷物自给。适度扩大肉类、饲料、食用油、粮食深加工产品等进口，适度增加大豆、棉麻、杂粮等非基本需求农产品进口。

近两年关注到中国市场上绿豆、红小豆供应量不足，而豆类属于萨省常规种植品种，能否在萨省种植中国市场紧缺的豆类品种，批量出口供应中国市场？2013 年暑期我专程到江苏农科院豆类研究所调研，绿豆、红小豆是国人喜欢食用杂粮，不算主粮，加上产量不高，农民种植面积越来越少，只能通过调高市场价格平衡市场需求。根据萨省基本农地情况与气候条件，种植绿豆、红小豆应该可行，但需要种植试验以获得技术数据支持。

伴随着粮食价格下跌，加拿大农场主对养殖业积极性会逐步上升，养殖业得到适度发展已不容置疑。粮食价格下跌会带来养殖业新一轮繁荣，给养殖农场带来可观的经济收益。就养牛、养羊业来说，主要饲料粮大麦价格决定了饲养成本。近几年大麦随着其它粮食价格而上涨，最高飙升至 6 元 /1 蒲式耳，养殖场不敢再用大麦饲喂牛、羊而改喂优质牧草。如果大麦价格下降就可饲喂肉牛、肉羊，2～3 磅大麦可长一磅牛、羊肉，不但出栏率提高，养殖成本也降低。

加拿大农民秋收烦恼

2014 年 9 月底回到天鹅农庄，天气晴朗，万里无云。第一眼就看到农庄周围麦田停放的大型收割机，农场主杜因正在收割麦子。收割机彻夜轰鸣，让农庄经过几个月寂静后又呈现出喧闹生机。第二天清晨，我在农庄周围散步，远远望着收割机收割麦子，"突、突"几个来回，颗粒归仓，秸秆还田，一方麦地变得敞敞亮亮。

可惜好景不长，第二天开始连阴天，一周时间了收割机仍然不能下地。今年的收割季节比往年已延迟半个多月，由于连阴多雨，庄稼普遍长势不好。我跑到没收割麦地仔细查看，麦穗耷拉着脑袋，麦秆细弱倒伏，麦粒又小又瘪。正如杜因所言：这些劣级麦子卖不上价，今年赔定了。农庄拐角处有两大片麦子至今尚没收割，大概杜因觉得不够机器费用已放弃收割吧。靠近 334 公路一大片油菜籽，收割后放在地里晾晒已有二十多天，无法收拢脱粒。经过几场雨水侵润，油菜籽等级必然下降无疑，当地农民心情非常焦急。

上周，到萨省中西部粮食主产区考察农业项目，看到农田里大量堆放着白色特质塑料的"临时粮仓"。当地农民称：近几年粮食价格上涨，导致粮食种植面积不断增加，有些传统牧草地也被农民拿来种植粮食。现在粮食出售缓慢，牧草地又普遍缺少储粮罐，只能用"临时粮仓"替代，可毕竟不是长久之计。

和居住在萨省中北部的华人朋友老曹通话，他说当地还有 30% 左右庄稼没有收割，今年加拿大粮食大幅度减产已成定局。"靠天吃饭"历来是农业生产的座右铭，加拿大农民也不例外，这里劳动力昂贵，大面积种植业主要靠机械力完成。过去在中国，收割季节遇到连阴天还可以动员大量人力下地抢收，如今这种人海战术的农

业生产模式在中国也一去不复返。老曹说：美国正在研究一种在松软湿润地面上可以行走的收割机械，收割季节遇到阴雨天也可以下地。

这就是农业生产真实状况，今年多雨的秋收季节，给加拿大农民增添了无尽烦恼，做农民实在不容易。农场主无法把握变幻莫测的天气风险，同时还面临国际粮食市场价格的波动风险，因为加拿大是典型出口型农业。

就拿邻居杜因来说，自有土地加上租种土地，今年共有八十多QT种植面积，在当地是首屈一指的"种粮大户"。2011年后，世界粮价开始逐步提高，加拿大农民的种植积极性高涨。2012年遇上世界粮食价格猛涨，粮食产量也相当稳定。这一年杜因的种植收益最好，俗话说：大赚一笔，杜因信心十足地提出再增加种植面积的设想。

2013 年风调雨顺，加拿大农民获得了几十年不遇的大丰收，尽管当年世界粮食价格低迷，再加上加拿大运输系列不畅，造成粮食大批量积压在粮罐里换不成钱。但头一年盈利还足以支撑因粮食囤积造成的现金流不足，再加上政府及时出台贷款延期优惠政策，农场主杜因遵循"手里有粮，心中不慌"习俗，确信粮食价格还会上涨。今年秋收季节再遇到杜因，他满面的愁云已显示了内心忧虑。

世界粮农组织对 2014 年全球谷物产量预报，加拿大产量减少近 1000 万吨（下降 26%），加拿大农业及农业食品部发布报告称，2014/15 年度（8 月到次年 7 月）加拿大所有小麦产量预计为 2770 万吨，低于 6 月份预测的 2961 万吨，也低于上年的 3750 万吨。2014/15 年度加拿大油菜籽产量预计为 1390 万吨，低于早先预测的 1450 万吨，上年为 1800 万吨。2014/15 年度加拿大大麦产量预计为 720 万吨，低于早先预测的 730 万吨，上年为 1020 万吨。

加拿大粮食销售巨头 —— 加拿大小麦局公司（CWB）近日称，随着今年欧盟、乌克兰和美国小麦质量问题接连出现，加拿大小麦开始出现质量问题。CWB 警告说，正在收获的加拿大小麦质量非常令人担忧。CWB 报告指出，小麦收割期间天气糟糕，降雨或霜冻可能损害麦粒，降低制粉等级。

该公司称，9 月份期间大草原省小麦作物受到过量降雨以及早霜影响，阿尔伯塔省部分地区小麦作物则受到降雪的损害。加拿大西部地区的质量尤其令人担忧，严重程度大于美国北部地区。加拿大曼尼托巴省农业官员上周表示，东部和中部地区情况令人担忧，因为小麦作物收割期间降雨过量，小麦质量下滑，出现的质量问题包括发芽、长霉、镰刀霉损害麦粒以及麦角症等。在头号小麦产区萨斯喀彻温省，小麦质量依然令许多农户感到担忧，因为降雨、病虫害及霜冻损害小麦作物。

CWB 指出，恶劣天气尤其威胁到杜伦麦作物，目前收割只完成40%，质量令人担忧。与小麦期货大幅下跌形成对比是，CWB 将优质杜伦麦"联营池"销售返还预估上调 12 加元，为每吨 395 加元。质量较低的杜伦麦销售返还预估下调 11 加元，为每吨 330 加元。就普通小麦而言，质量最高的 14.5% 蛋白含量，加拿大西红春小麦（CWRS）的销售返还，预估年度展望值为每吨 274 加元，比 8 月份预测值 283加元调低了 9 加元。质量偏低的加拿大大草原春小麦减产伤农，粮贱更伤农。双重压力让加拿大农民今冬明春的日子不好过。回想 20 世纪末，为了解决加拿大农民卖粮难问题，加拿大政府大力支持发展养猪业来消化囤积粮食。09 年 5 月份，猪流感爆发使加拿大养猪业遭受毁灭性打击，从此一蹶不振。亏损养猪企业投资上千万的现代化养猪场，只好以极低价格拍卖，沉痛教训让加拿大农民记忆犹新。

加拿大农业出路在于：大力发展现代化农业种殖体系，提高灌溉种植面积；在稳定传统种植业基础上，调整国际市场需求旺盛的农产品种类和种植面积，增加经济作物种植；提高优质农产品加工能力，不断开拓稳定的国际农产品销售市场。

华人农场主将何去何从

　　在全球农产品价格普涨大环境下，农业投资成为近几年乃至未来全球资本重点投资方向。伴随这种趋势，中国企业的海外农业投资额也在逐年增多，农业已成为国内投资行业的热门话题。从 2001 年至今，中国境外农业投资与合作已遍及 100 多个国家和地区，境外投资农业企业超过 600 个。

　　中国企业热衷于海外农业投资，看重未来发展前景与广阔的获利空间。因国内土地资源匮乏，扩大生产空间有限，通过海外农业投资为企业拓展国内、国际市场，开拓可持续增长空间。但中国企业投资海外农业道路并不平坦，目前中国海外农业投资项目规模不大，盈利能力不强，项目自身可持续性不足，总体还处于起步阶段。

　　近年来，在这股投资农业热潮中，不少海外华人也开始进入农业，买农地做农场主成为一种时尚。本人也在其中，有幸做了一名加拿大农场主。三年时间过去，回顾华人农场主群体现状，中国企业海外农业投资所遇到问题，也同样摆在华人农场主面前。华人农场普遍规模不大，资金不足，缺乏农业管理经验和通畅的销售渠道，经营效益不稳定，不足以抵抗来自于自然界及市场的风险。华人农场主群体正面临着分化、淘汰的筛选，和合作起来形成农业产业化做强做大的选择。

　　加拿大农业一直以家庭农场为经营主体，一百多年来，家庭农场走过了由小到大逐渐集中发展历程。至今，加拿大家庭农场的现代经营水平很高，与此同时，也带来加拿大乡村萎缩和众多村镇消失，及农业劳动力严重老龄化的后果。以家庭农场为主体的加拿大农业，致使华人农场主也基本以家庭农场为主，也有少数合伙形式和公司经营形式。

家庭农场：华人进入农业领域，往往农场投资规模不大，以30QT左右耕种规模。华人移民在过去职业经历中从事农业者不多，长期以来华人移民很少在海外做农场主。这几年随着对农业投资的趋重，华人移民开始关注农场主职业，有条件的移民购买农地投身其中，一则的确是不错的投资方向，二则自己也喜欢田园生活。

这批华人农场主立足于自己经济实力，购买农地和部分农机具，在原农场主指导下进行耕作。也有部分华人农场主与周围农民合作耕种，合作模式多种多样，但均依据投入产出合理分配原则。这些华人农场主亲力亲为，自收自支，分工合作完成整个耕种过程，经过若干年耕作培训，逐步成为合格的加拿大农场主。这批华人农场主大都具备语言交流能力和实际操作能力，是华人农场主队伍中比较稳定部分，我身边几位经营不错的华人农场主都属于这一类型。但终究还是自给自足的小农场主，和许多西人农场主同样面临着市场的筛选和淘汰。

联合经营：不少华人农场主深知自己的实力和能力，他们实行合作经营模式，资产仍属于各自所有，联合起来共同经营。其中有华人合伙人也有西人合伙人，几年过去，这类合伙经营大都以不欢而散告终。有管理理念差异，有各自利益之争，也有相互理解不够，总之整体效果不好。

有位华人朋友购买30QT农地，与当地有经验西人农场主签署合作协议。对方负责耕种，双方共同出资和管理，收入分成，委派公司员工参与财务管理。农业生产不同于工业化流程，许多细节很难用标准化界定，由此双方常为一些小事大费口舌。委派员工不敢拍板，事事都要请示远在国内的老板，年终结算下来，除掉支出成本所剩无几。在加上雇佣员工费用，算算入不敷出，还不如把地出租收租金省心。

农地出租也是华人小农场主常用的模式，尽管收益远不如自己耕种，但省心省力没有风险。

企业化经营：加拿大现有的华人农业公司普遍规模小，资金实力差，缺乏农业技术人员和熟练工人。比如：近几年在萨省出现的华人耕种公司，由于经营规模小，人工成本较高，员工出工不出力，形不成产业化链条等原因，大部分经营效益不佳。这类农业公司，在2014年下半年加拿大农业低落期，因生产经营效益差而关闭不少。

加拿大缺乏大型、专业化的农业企业，无法与近邻美国大农业"托拉斯"相抗衡，无论从经营规模、资金实力、产业化程度、销售市场的把握，都有很大差距。加拿大政府、专家学者、包括许多有见识的加拿大农场主都清楚地认识到这些。我的邻居皮特是当地有眼光的农场主，他不止一次地担忧道：美国大的农业公司，对加拿大农业，无论是种子、肥料、还有农产品贸易，都已形成垄断态势。长期下去加拿大农民要吃大亏。

为提高市场竞争力，加拿大的合作社越来越注重资本力量，公司化趋势越来越明显。目前，加拿大规模大和效益好的合作社开始转向公司化。华人农业企业也要走联合起来做大做强的道路，才能够得到长久稳定发展。华人具备熟悉加中两国情况的优势，加拿大拥有质优价廉的农产品，中国拥有世界上最大的农产品消费市场，两者对接，优势互补。

近几年，加拿大政府有意识拓展中国、东南亚等地的农产品贸易市场，为华人农业企业走向规模化、产业化铺平了政策道路。中国政府鼓励中国农业企业走出去，加拿大政治稳定、社会安宁、土地辽阔，也是中国农业企业投资的首选。天时、地利、人和，加拿大华人农业企业要抓住这个历史机遇，走向更高的企业经营台阶。

养羊场遭受飞来横祸

关于羊场的新闻报道

　　2014 年萨省动物保护协会这次拯救了今年以来最多的家畜，共 800 多头羊和 4 条狗。"该农场在养殖方面存在太多问题，食物、遮棚以及家畜的照料。"动物保护协会的经理说："家畜没有得到应有的对待和照料，以至动物们都处于病态中。

　　动物保护协会最早接到投诉是在 2014 年 2 月 3 日，他们于 2 月 13 日造访 Robin Liu 的农场。按照惯例，他们给农场主列了应如何照料家畜的清单和建议。当第二次造访时，发现农场的设施和条件并没有改善。于是他们联系了当地警察，在警察协助下把羊和狗从农场中移出来。

　　在过去一年中，萨省动物保护协会总共有 39 次类似的做法，其中的最大一次是 300 头牛。"这次进行得很顺利，尽管动物数目很多。"该经理说，为了给这些羊提供临时住处，动物保护协会向萨省羊业协会寻求帮助。由于健康问题，只能让一些羊只安乐死。"像这样的情况是不能容忍的，也无法接受任何借口。"动物保护协会执行主任说。39 岁的 Robin Liu 被指控造成羊群无谓痛苦，因为他没有提供足够食物和取暖遮棚给羊群。

　　他将于 2014 年 6 月 12 日，在里贾纳 Assiniboia 省级法庭出庭。"

遭受飞来横祸

　　新闻报道中的 Robin 就是草原羊业公司经理，我称他：罗宾汉。2013 年 4 月 3 号接到罗宾汉电话通知时我还在国内出差，只听到他在电话里说道："萨省动物保护组织（SPCA）昨天把羊场所有羊儿和牧羊犬全部拉走了"！急促的语速让我马上意识到出事了，出大事了。罗宾汉被突如其来的飞来横祸打懵了，没几天，萨省朋友就给我转来当地媒体对此事件新闻报道的中文翻译件。我让罗宾汉在电话里叙述一下事件全过程，又让他用文字表述，使尽快让公司股东了解事件真相，以便帮助分析情况，找出最好的解决办法。

罗宾汉用中文向股东汇报叙述了事件全过程如下：

2014年2月初，动物保护组织（SPCA）电话联系我，说收到投诉，需要来养羊场检查是否有违反动物保护法的地方。

2014年2月13日SPCA工作人员来羊场做了全面检查，提出以下整改建议：

（1）羊圈和羊舍里铺垫干麦草不够，需要再补充；

（2）喂干草后，捆草卷的塑料绳不能留在地上，必修收集起来以免缠绕在羊蹄上，使羊受伤。现场已经发现1只羊蹄因此受伤；

（3）饮水槽旁边的冰需要清除，以免羊滑倒受伤；

（4）生病的羊需要请兽医或自行治疗，如发现没有好转，需要杀掉以免痛苦。（动物保护组织现场杀掉了一头因羊蹄缠绕绳子受伤的母羊和一头生病并瘦弱的羔羊）；

（5）需要请兽医来羊场评估羊场样的整体健康和营养状况，并根据兽医建议做相应的改进。动物保护组织要求以上整改措施要在两周内完成。

2月16日预约了兽医，2月21日兽医来到现场检查羊场饲喂牧草的质量，同时巡视了整个羊场。并杀了一只他认为不需要治疗的母羊，另外提出以下建议：

（1）发现3只羊身上掉了很多毛，需要治疗或者杀掉；

（2）因为异常严寒的气温，羊舍需要把单面墙完善起来。在这种严寒冬季里，这里的羊只需要补充谷物或其它比干草更营养的饲料；

（3）对于瘦弱的羊只，建议单独圈起来喂谷物；

兽医采样了养羊场现场一些羊的粪便做化验，抽一些草料送去做质量检测。羊粪便化验结果未发现显著的寄生虫和其他疾病问题。草料检测结果显示草料质量偏低，饲喂非怀孕期牛可以，但对母羊是不够的。建议同时给羊补充其他饲料。

我带着羊场员工赫门，按照动物保护组织（SPCA）提出的要求做了整改：

（1）在羊舍里铺垫了干燥麦草（SPCA后来说麦草量仍然不够）；

（2）赫门把羊舍缺墙部分，用麦草卷堆砌做墙，并于2月22日开始给羊只添加饲喂蛋白质补充块；

（3）赫门搜集清除了绝大部分草卷绳子，有些绳子已被冰雪冻住，很难捡起。饮水槽边的冰已得到清除，由我亲自操作；

（4）我曾问赫门如果有生病的羊只，能否帮助杀掉，他拒绝这么做；

（5）羊身上掉毛是老问题了。今年1月份就此咨询过兽医，说是缺乏维生素。2月16日预约兽医，兽医于2月21日来羊场评估了整个羊场的健康状况。

以上采取的这些整改措施，羊场雇员赫门都可以予以证明。

4月30日，我在羊场正在做产羔工作，动物保护组织（SPCA）突然来到羊场要求检查，说是已有充足证据和理由。之后检查发现：

（1）一只母羊腿受伤，需要杀掉。问：为什么不杀它？回答：我认为它可以活下来；

（2）处于产羔期，天气寒冷，羊舍没有两面的侧墙。问：为什么没有修缮羊舍？回答：公司没钱修，而且冬天修价格非常贵，也没有人力，想等到春天修。再说羊场生产计划是每年6月产羔，不需要产羔棚子；

（3）发现2只母羊因为难产死亡。他们指出，难产的母羊必须帮助产羔。我回答：因为这次产羔是意料之外，短时间找不到帮手；

（4）发现很多死亡羔羊，问：为什么会有这么多？回答：因为天气寒冷，死亡率比正常要高一些。当时养羊场所产羔羊存活大约有250～300只，死亡约有140多只，很多本身就是死胎。SPCA要求兽医第二天过来一同检查。

第二天经过检查，所发现同上。SPCA随后通知我：决定接管所有羊只，主要原因是母羊处于产羔阶段，而该羊场没有封闭的产羔棚，其他存在问题都可以很快整改解决，但产羔棚不可能这么快建起来。随后，RCMP给了我指控书。SPCA经过4月1日当天下午及4月2日全天，把所有羊只和牧羊犬都运送到事先联系好的农场。

羊场

沉重的代价和教训

沉重代价： 深知这次事件罗宾汉受到动物保护协会（SPCA）指控的严重性。不仅是草原羊业公司遭受到重大经济损失，更重要是罗宾汉个人受到"虐待动物"指控，若处理不好会祸及他一生的声誉，尤其在北美。

事情发展后果远超过我们的预料。动物保护协会（SPCA）很快让当地新闻媒体报道，让这一事件在社会上得到迅速扩散。北美社会和普通民众对动物非常友善，对虐待动物行为深恶痛绝，舆论一下子把罗宾汉推到风口浪尖。他的心情沮丧低落到极点，这是人生第一次遭受沉重打击，并且是过去从未想到过的。而那位代理诉讼案件的当地律师，迟迟不愿对事件真相做仔细调查，也不收集当事人非主观意愿等有关证据资料，严重影响了诉讼进展。无奈，罗宾汉只好重新聘请律师，致使出庭时间一拖再拖，至今没得到正式的法庭判决。

在罗宾汉准备应诉同时，我们也在安排如何让羊场经济损失减少到最小。

2011 年 9 月草原羊业公司成立，2012 年春季播种了牧草，选择 RIDEAU ARCOTT 品种做基础母羊，RIDEAU 是加拿大渥太华动物研究中心于 80 年代培育羊的新品种。草原羊业公司从 2012 年夏季陆续引入基础母羊，到 2013 年底实际到场已有 630 只，预计 2014 年 6 月份产羔期结束，成熟母羊（种公羊）加上新产羔羊可达到 1000 只以上。

由于 2012 年冬季美国大面积干旱，牧草不足，导致牧民提前宰杀，直接冲击加拿大活羊市场。最低价达：0.9 元 / 磅，由于羊肉市场价格低迷，种羊市场也低迷，造成萨省小养殖户逐渐退出种羊市场。

草原羊场基于市场波动反而更多保留母羊群体，以待羊肉价格下一轮回升。2013 年底羊肉市场价已回升至：1.2 ～ 1.3 元 / 磅。母羊价：150 ～ 250 元 / 只，注册母羊（有系谱）价：350 元 / 只。2014 年羊肉市场快速升温，致使这批优良品种母羊的价值不菲。预计种羊场年收入翻番，让草原羊业公司经营规模和效益上一个新台阶。

飞来的横祸，让羊场生产繁育计划彻底毁灭了。按照以往动物保护协会惯例，这批羊群在预备羊场稳定饲喂后，会很快进入拍卖程序。拍卖收入减去收留期间的饲喂成本，扣除应付罚款余额返还原养羊场。动物保护协会(SPCA)于 4 月份委托萨省养羊协会承接这批羊群的拍卖，协会网站也公布了拍卖程序和数量。其数量已与当初新闻报道公布差了很多，四只优秀大白熊牧羊犬也不见踪影。为了不让这批优良品种母羊群体流失，也为以后"东山再起"，由当地朋友的养羊场，投标参与了这批羊群的整体拍卖程序。结果：这批羊群并没有进入实际拍卖，早以低于投标价格的超低价出售了，让公平公正的期盼彻底破灭。

事件发生已近一年，法庭对罗宾汉起诉也没有进展。2014 年底，从罗宾汉代理律师那里透漏的信息，最终可能会以法庭和解为结果。即：撤销对罗宾汉的刑事起诉，出售羊群所有收入不再返还。也许，对鲁宾汉和合伙人来说是可以接受的结局，按照中国人思维：只要人没事。换来的就是草原羊业公司资产全部打了水漂，从此关门歇业。

沉痛教训：痛定思痛后总结草原羊场事件的经验教训，无外乎：天灾与人祸，还有华人农场主法律意识薄弱。引以为戒。

天灾：2013 年萨省冬季异常寒冷，破了几十年记录。此时正赶上羊场母羊怀孕后期，由于大多数怀孕母羊属于未成年羊，导致怀孕母羊尤其羔羊死亡率大增。按照草原羊场制定的配种计划，公羊与母羊是分开圈舍饲养，草原羊场母羊繁殖期应该为 6 月初产羔。是什么

原因造成大批未成年母羊提前怀孕？

　　百思不得其解，最终找出原因：2013年夏季，羊场从多伦多种羊场引入近三百只基础母羊，大概里面混入有个别公羊没有被发现。这些公羊在母羊群里自由交配，引起大批未成年母羊提前怀孕。尽管原因有点出乎意料，但也暴露出草原羊场饲养管理的疏忽和漏洞。由于养羊场地处偏僻乡村，加上工作环境艰苦，一直找不到居住羊场的员工。只好采取生态养殖方式让羊自由采食，一周去几次为羊群撒布足量牧草，这种饲养管理方式，不易发现羊群出现的异常情况。

　　人祸：萨省地广人稀，养殖业劳动力奇缺，草原羊业公司自成立

之日起，就没有找到住场的固定员工。2012年冬季基础母羊批量进入，鲁宾汉通过网络广告，从遥远的加拿大东部招聘来一位华人员工。可好景不长，没过多久，在怀孕母羊临近产羔期最需要人力时，他突然翻脸提出辞职且加上苛刻条件。可这位"仁兄"并没有离开，而是又加盟旁边一位华人农场。"民不告，官不究"，中国这句俗话在萨省乡村同样适用。待事件发生后，代理律师通过查看案卷，得知举报人信息后鲁宾汉才恍然大悟。而该举报人早已逃之夭夭，临走时又把新入住农场主的家具，拉到院子里一把火烧掉。这位同胞丑陋扭曲的心态真让人哭笑不得，碰上了也只能自认倒霉。

法律意识薄弱：华人移民来到加拿大，对当地法律法规知识欠缺。鲁宾汉坦言，在动物保护协会（SPCA）指控他违反"动物保护法"之前，他从来不知道此项法律内容，更没有思考过由此带来的严重后果。在建立草原羊业公司之初，合伙人及管理者就应该了解在加拿大从事养殖业需要把握的方方面面。而我们华人农场主只注重技术、资金方面问题，很少关注当地的法律法规，头脑里始终缺少这根弦。同时，萨省当地的华人律师奇缺，不能为华人农场主提供准确可靠的法律解释，而当地律师缺乏与华人移民的深度交流。新闻媒体报道致使不良影响迅速扩散，也加大了当地社会舆论对华人农场主民的偏见。

快一年了，每次路过早已空旷寂静的羊场时，我心情都会特别地沉重。昔日的羊群、阳光与雪地辉映着银光闪烁记忆犹新，这种美好还会回来吗？

羊棚舍

加拿大西部最大农业公司倒闭

加拿大西部最大的农业公司：广田农业（Broadacre Agriculture Inc），包括子公司威格莫尔农场有限公司，于 2014 年 11 月 4 日进入债权人保护。普华永道被认定为破产审计公司，法院已委任其监察广田农业公司的业务活动。"该公司的财务前景黯淡。它在 2014 年就开始处于岌岌可危的位置，后来继续处于下降通道"。该公司的首席财务官安德鲁·马歇尔在向法院提交材料时说。

"不幸的现实是公司从未盈利"。公司成立于 2010 年，总部设在阿尔伯塔省会卡尔加里。这个农业公司，在萨斯喀彻温省种植 6.5 万英亩自有和租用耕地，并计划扩大到阿尔伯塔省和曼尼托巴省，其耕种目标是超过 20 万英亩。该公司成立时计划，要成为加拿大首屈一指的大农场经营者，但短短四年，自然灾害加上过于雄心勃勃的扩张，让他们梦想破灭了。

目前，广田农业公司欠各地金融机构、供应商和投资者债务达 4600 万美元。超过一半数额属于三个债权人：加拿大农业信贷 1480 万美元贷款，威格莫尔作物农场 517 万美元，加拿大德拉赫兰登金融 500 万美元。

马歇尔说，麻烦开始于 2011 年，第一年收获没有产生利润。2012 年，恶劣的天气条件和疾病爆发，使油菜籽收入从预期的 4000 万美元减少至 2400 万美元，迫使该公司向股东求助提供财政支持，以继续 2013 年的运营。该公司公布今年第一季度亏损 1070 万美元，截至 9 月 30 日的第二季度为 700 万。今年收成预计收入为 1400 万美元，因为六月份的极端天气，导致总产量比前两年减少三分之一。

虽然公司不赚钱，但还是在2012年，从私人投资者那里借了100万20%的高利贷，买断威格莫尔农场（萨斯喀彻温省另一个大型农场），致使陷入财务困境。随着额外增加的农田和债务，给公司经营带来了沉重负担。另外，在作物生长季节，需要寻找到60名农业工人。公司财务报表告诉我们：劳动力成本2013年为358万、2014年为317万，成为公司经营费用第二位，仅次于作物耕作这项公司最大的运营成本。

目前，在加拿大尽管普遍接受农场粮食种植规模将继续增长，出口机会也将不断扩大的观点。但对于农业经营的环节和细节知之甚少，比如：找谁去完成耕作工作？将如何支付他们的工资报酬？是否有来源稳定的运营所需资金？一个年轻的农业公司，根本无法承受拥有大量土地经营的挑战。

在不同生产力发展水平下，农业规模经营的适应值不同，一定规模经营产生一定的规模效益。加拿大草原农民不断扩大农场规模，这一趋势仍在继续。2011年农业普查结果，可以看到三个草原省份，五年内农场平均规模增长了13～15%。草原省农场的最佳经营规模是多少？农场越大其收益率也不一定就好。

这是农业评论员：劳拉·兰斯于2014年11月29日的论述。

最初"以土地规模经营"是伴随着西方殖民化而产生。近现代，在产业资本严重过剩条件下，产业资本进入农业带动了农业机械化，要求土地规模化，只有规模化才能产生绝对地租总量增加，只有绝对地租总量增加才能支持机械化的高成本。同期出现了美国福特主义的大农场农业和苏联斯大林主义的大农场农业。"以土地规模经营加入全球农业竞争"，这套思路经验上不支撑，虽然理论上成立但找不到依据。

中国农业界学者温铁军提出自己的见解。

农业经营规模扩大，必须以提高劳动生产率和土地生产率为目的，才能使农民经营种植业同经营其他行业一样获得相当的平均利润。从而稳定其务农积极性，才能增加农产品生产总量，满足社会日益增长需要。许多国家在坚持家庭经营为主的条件下实现农业规模经营，并取得显著的经济和社会效益。

在中国农村，相当长时期内普通农户仍是农业生产经营的基础，在发展家庭农场同时，不能忽视普通农户的地位和作用。近年来，土地规模经营取得积极进展，截至2012年12月底，经营面积在100亩以上的专业大户、家庭农场超过270多万户。通过土地流转，实现集中连片种植和集约化、规模化经营，节约了生产成本，促进了农业发展和农民增收。

农业经营以家庭经营为主，但家庭经营是适度规模的家庭农场，不再是三、五亩地小规模经营。从目前国内农业实践看，高附加值的农业需要业主经营和公司经营，但以大田作物为主的种植农业，业主经营和公司经营就存在问题。传统农业作物的规模效益有限，如果由企业经营，精心程度降低了，农民的效益就降低，可持续性会比较差。因此，中国未来农业的基本经营形式是适度规模的家庭农场。

合作社是开展农业适度规模经营的很好形式。因为合作社带来了服务规模的提高，在生产资料购买、农产品销售、市场网络建立上具有规模优势，真正解决了一家一户小农走向市场的各种弊端。但合作社提供规模经济的主要领域不在生产领域，而是在服务领域。通过各个环节服务规模壮大，来提高服务主体效益，从而降低生产主体成本，形成生产者和服务者的共赢。

加拿大的合作社形式为中国农业合作社发展提供了成熟经验。

第四章

天鹅农场的女人 ▸▸

加拿大乡村守望者

　　加拿大乡村，正像瓦尔特·惠特曼百年前在《田园画》中所描述的那样，"从平静的农家谷仓开着的大门望出去，一片阳光之下的牧场，牛马在吃草，雾霭、树列延伸的远景，遥远的地平线，消失在烟霞里"。这种美景在地广人稀、林密水丰的加拿大农村随处可见。

　　我对加拿大乡村有强烈认同感，回想起来，更多是源于自己童年、少年时期在黄河农场的生活环境和成长经历。在农场长大的我，对土地有一种特殊亲近感，一望无际黄河滩成就了我浓烈的农场情节，一生不能释怀。当有机会面对加拿大萨省大片土地时，一种无法抑制的向往与回归感便油然而生。

　　人们无法用经济核算方式，去评价这种带有归属感的投资行为，用现代世俗标准去判断这种带有深厚感情色彩的人生体验。为何每个人都会有一种强烈的回归童年、怀恋乡土冲动？实则童年、乡土是纯净的心灵体验。这种心灵世界的终极体验才是一种完满境界，是内在自我的回归。

　　秋收后冬季来临前，萨省农民已基本无事可做，农场主大都到国外或气候温暖的南方度假，到第二年四月份冰雪融化再返回。留在乡村的农民，便开始准备过冬食物，蔬菜、肉类和粮食，当地邻居告诉我：萨省现在冬天的冰雪已少了很多，过去年代严冬持续更长时期，冰雪堆积太厚汽车根本上不了路，有时一个多月都出不了门。这里的农户每家都会有一个储物室，把冬天所需食物储存起来，供一家人在恶劣天气有足够吃的食品。

　　2011年10月，我和小师妹多次来凯维尔（Kayville）村庄察看，小师妹有意把街上仅有那间小酒吧接过来经营。让周围农庄留守农民，在冬季有个聚会聊天的地方，也想给自己冬日生活添加一些色彩和内容。凯维尔这间酒吧兼旅馆，因这些年村里人口逐渐迁往城市，已没有什么客源。店主人几经更换，生意越来越难维持，可又都怀着期望艰难地维系着。客人少，资金周转紧张，食物供应品种越来越少，致使周围农民宁愿开车跑远点也不再光顾小店。

的确，当地农民很需要一个休闲聚会场所，初来乍到的华人农场主，要有与当地农民沟通的平台。加上草原羊业公司的牧场也在凯维尔附近，随着羊群不断扩大，越多员工来此居住，也需要简单就餐之处。我鼓励小师妹接下这间酒吧经营，其基础设施和建筑结构相当不错。邮局大妈告诉小师妹，店主欲出售酒吧，买时很便宜，现在没生意卖得应该更便宜。不料，待按约定时间，到酒吧察看并与老板交流购买意愿时，酒吧老板要价远远超出当初购买价格，我们只好选择放弃。

当地邻居说：可以到社区中心咨询，凯维尔还有许多已被社区收回的房产和商用、住宅土地，出售价格相当便宜肯定会有机会。凯维尔小学校的产权，就以相当便宜价格出售给一位外来的货车司机。经过一段时间相处，这些农民邻居对我们两位中国女人很友好，也非常认可。希望通过我们的努力，让更多有眼光、有素质的华人落户到这块土地上，使日趋没落的凯维尔重现生机。毕竟他们深爱这块土地，且一直坚守在这里，期盼有一天村子能够重新兴旺起来。

加拿大许多村镇都面临痛苦的生存困境。最近一次人口普查数据显示，农村人口首次跌落到全国人口的 20%，有些偏远地区人口减少更多。人口减少，意味很多乡镇为居民提供基本服务都成为问题。乡镇政府很难保证道路系统、下水道系统、学校正常运转，甚至连杂货店、供给汽油都成了问题。尽管生存前景黯淡，但这些村镇居民依靠古老的社区精神，努力与现实抗争。凯维尔就是典型代表，目前仅剩三户家庭坚守在这里。

加拿大乡村不同于中国乡村，实际是农村社区。农村社区是指县（含

上：餐馆酒吧
下：废弃房屋

县级市、区）以下的行政区划，是村民自治的区域性小社会，具有一定自然、社会经济特征和功能。通常以村民最大聚居点为中心，并由这个中心延伸到社区边缘。家庭农场是农村社区的基础单元，加拿大农村社区是从事农业生产和聚居地方，也进行政治、文教、风俗与社会活动。

天鹅农场属于萨斯喀彻温省第70社区，凯维尔也属于70社区。70社区办公室位于奥格马小镇，距离天鹅农场不远。70社区中心有2名全职人员，负责处理整个社区范围内的行政管理事务，比如：交税、政府下拨经费、社区公共设施维护、社区居民基本生活保障等日常事务。就在前两天，我接到社区中心秘书寄的信件：冬季到来以前，政府出资维护70社区乡间公路，需要动用一些属于天鹅农场的土壤，希望得到我同意并签字。我已是这儿的村民，应该义不容辞承担社区居民的义务。拿着签好字的回执，我和小师妹送到社区办公室，秘书是一位和蔼的中年女士，对我们配合社区工作表示由衷感谢。

女人之间沟通相对简单，我们向社区秘书表达希望投资凯维尔旧有商业设施的意愿。对找上门的投资者，又是70社区新居民，在当地拥有一定规模农地的华人女农场主，在我还没出现之前这位秘书就有所风闻。这次见面，看到我们一脸的诚恳和忠厚，社区秘书自然喜欢。当即拿出凯维尔的地图，为我们讲解还有哪些地块可以出售。原来，小镇居民拥有的住宅和商业产权属于私人所有，但许多居民远走他乡再没有回来过，也没有交纳地产税。按照加拿大法律经过若干年后，这些私人产权可以收归社区，由社区自用或者出售产权，其收入用于补贴社区经费开支。

是否出售现已属于社区的土地？必须先由购买者写出书面申请，提出购买意愿并表明项目用途，经社区委员会办公会议讨论通过后，才能办理有关土地产权转移手续。我当即表达购买意愿，并提交了书面申请，自愿做一位加拿大乡村的守望者。

回家的感觉真好

　　回到久违的天鹅农场。寒冷的岁月因故滞留国内很久，不能亲自打理家园，多亏几位朋友帮助打理农庄。生活在都市的人们，无法理解地广人稀的萨省农庄，人气预示着希望。也为异国他乡得到的真诚帮助而感动，这才是人生最大幸运和财富。

　　忘不了，罗宾汉在大雪封门的严冬，每周至少一次来天鹅农庄察看。2012年冬季是萨省多年未遇的大雪，漫天遍野白茫茫一片，只能依据雪地露出的树木分辨农舍与村落。几位冬季生活在萨省农庄的朋友告诉我，他们开车出行都非常困难，政府负责铲除公路上积雪，农庄周围及出路只能靠农庄主人"自扫门前雪"。天鹅农庄房屋门前被风刮起的积雪堆成一堵雪墙，罗宾汉只好把车子停在公路边，再踏着齐腿深积雪一步一步走到农庄。这儿农舍在冬季即使不住人，也要维持一定室温，以防各种管道设施因寒冷结冰爆裂。最怕冬季突然停电，屋里没人住时不能恢复正常供电。

　　感谢！邻居农场主皮特。在冬季最冷时节，天鹅农庄地下室那台锅炉突然不工作，维持屋里温度主要靠锅炉。罗宾汉来农庄巡视时发现屋内温度骤降，又无能为力修复，只好向附近农庄的皮特打电话求助。所谓：附近不能用中国人常识去理解，不是几百米、几千米，而是一、二十公里。在大雪纷飞的傍晚，皮特立即开车赶到农庄，他是远近闻名的机械师，很快查出原因换上新配件，屋里锅炉又重新工作。不敢想象，在这大雪封门季节，如果附近找不到机械师，就是换零配件也要跑到百公里以外的省城里贾纳，不知代价该有多大。

　　一早被窗外清脆鸟鸣声叫起，我穿衣下床，直奔农庄附近原野、

上：教堂
下：天鹅农庄

天鹅农场的女人 ▶▶

上：黄昏
下：燕子窝

农田。好似一个离开故乡很久的孩子，要急着去探访儿时那些美好记忆，心情喜悦、快乐且宁静。北美乡村原野被晨雾打湿了，每一片嫩绿草尖上，都挂有晶莹露珠，像珍珠般亮闪闪。当阳光灿烂时，大地上全是露水的芬芳。

一条狗，刚从草丛中跑回来，全身沾满了露水。它停住脚，将身子用力一抖，露水像喷雾一样洒向地面。这是羊场刚送来的一条牧羊犬，这条牧羊犬头部黑白相间，我给它起名叫：花花。看我要出门，花花一溜烟跟着跑到田野撒欢去了。

农庄原来的家养生灵，就剩下那只可爱猫咪了，它的好伙伴，那条忠实的看门老狗，去年冬季被前农场主女儿接走。当我们开车冲进院子时，猫咪怯生生远远地望着不敢靠近。也许主人离去时间太久，让猫咪有了陌生感，也许它对我们不辞而别有着许多不解和怨恨。在无人的冬季让它吃了不少苦头，也许是它一生从没未遇到的生存挑战。

罗宾汉说，老狗走后他把猫食放在车库里，让猫咪可以随时采食。有一次因疏忽他把猫锁在屋子里了，那段时间雪太大，有一周多没来农庄。待他再次过来打开门，猫咪立即冲往原野，这才发现猫咪吃光屋里仅存几个土豆，一周来饥饿难耐。从此它开始在田野扑食猎物，变成了一只野猫。春季，农庄有了租客居住，猫咪才慢慢回归家园，重新接受人们饲喂。时常还到地里扑食田鼠，由此它回归不少动物的生存本能，猫咪体型明显变得强壮，动作也更加敏捷矫健。

农庄屋檐下，我发现今年新筑了八个燕子窝，加上原来的一个整整九个。按照中国农村习俗，燕子在自家屋檐下筑窝非常吉祥，每当春季来临，乡村老人都会敞开大门，让燕子自由来往到屋檐下或房梁上筑窝，生儿育女。傍晚时分，我拿起扫把清理燕子在屋檐前洒落的粪便，仔细观察外出扑食归来的燕子家族。新燕子窝是由河塘衔来的湿泥筑就，窝里铺就细草、羽毛，母燕子一动不动地蹲在窝口，应该是在孵化它可爱的宝宝！看着燕子在原野里与屋檐下穿梭飞翔，我不由产生一种莫名感动。大自然的原生态野趣，会让你感受到一种生动的生命之美。

刚回到天鹅农庄，就听萨省农夫说，邻居皮特新添了一个胖儿子。他去皮特家看二手农机具，看到他农庄院子里奔跑着一大群孩子，喧嚣又热闹。原来是农场主皮特离婚后，又接纳一位新的女朋友，还有她带来的五个儿女。女朋友也是农场主的女儿，年轻健康的女人很快怀孕生子，这是她的第六个孩子。把皮特乐得合不拢嘴，真是从天上掉下来一群天使。

我和小师妹结伴去过皮特原来的家，当时宽敞清洁的农庄院落却显得几分落寞。生命是大地的精灵，土地、农庄都需要生灵填充和滋润，孩子是农民家庭最不可缺的生命元素。可以想象此时皮特的农庄：傍晚，炊烟袅袅，冬日雪季更显出乡村静谧，农庄宽大的房屋窜入鼻息的都是原汁原味的谷香肉美。一片黄昏彤云以微笑向大地炫耀着。此时，一个男孩子清亮的哭声，伴着一群大孩子的欢笑在冬季原野中回荡。

重新回到萨斯喀彻温农庄家里。夜里，总在不知名的野生动物啼叫声中安然熟睡，清晨，又在小鸟的歌唱声中醒来。泥土的宁静竟然让我感觉到来自灵魂的呼唤，来自故乡泥土神奇的诱惑。直到回到家才发现，在被称为故乡的地方，外面世界其实很轻很轻，轻到挥挥手就能让其消失。

每次回到萨斯喀彻温，回到原野和农庄，都有一种灵魂归属感，有一种急迫回家的盼望。熟悉又兴奋，这儿有亲情，这儿有温暖，有心灵相依的伙伴。这里就是故乡，回家的感觉真好！

自己动手丰衣足食

在萨省买农地并在农庄居住后，一直以农场主自居。其实不然，我这种拥有土地又不亲自耕作算不上是地道的农场主。最初不以为然，待住下来后，左顾右盼，前思后想，觉得自己还是一个中国式"地主婆"，离加拿大农场主距离尚远。

常跟朋友聊，在加拿大做农场主非常不容易，也不简单，要"十八般武艺"样样精通。农场主首先要懂得农业知识，会操作并简单维修农机设备，把握好农时季节、气候温度，熟悉农产品销售环节，还要知道有关种、养殖方面的法律法规及政府各种优惠政策。不光有书本知识，还要具备动手能力，更重要还要有钱。

农业是规模效益，没有足够土地就没有好的收益。小农场主往往需要兼职收入才能维持生计，使得加拿大小农场数量不断减少，土地逐步往大农场主集中。在加拿大农庄居住的人们，几乎所有事情都要自己做，否则其生活成本会远远高于城镇。什么事情都请别人做，光是往返交通费用就高的离谱。

华人移民绝大多数都居住在温哥华、多伦多、蒙特利尔、卡尔加里几个大都市，至少也会生活在中、小城市，极少在农庄居住。即使个别从事种、养殖项目的华人，也大都在城市郊区经营。究其原因，就是加拿大华人移民没有真正意义的农民，真正的中国农民也做不了加拿大农场主。因为中加两国农民是非常不同两个概念，也是萨省农场主移民项目没有中国移民的主因。加拿大移民官认为：中国大陆没有能够从事农场主职业的群体。

从我在农庄居住说起。尽管从小生长在国营农场，出力干活没问

农庄艺术品

上：豪猪
下：野鸭．蒲苇

题，可我属于心灵手不巧的女人，对操作机械设备尤其愚笨。在中国大陆和在温哥华生活，方便的社区服务，一个电话样样都可搞定。等到萨省农庄就傻眼了，所有生活设施都要自己动手，稍不注意就给生活带来很大困扰，再遇到非正常事故就会更惨。打遍提供维修服务电话，一听时间和报价就让你哭笑不得。

例如，这次在国内久住再返回农庄，一走进院子，首先映入眼帘就是青草凄凄，一种荒凉落寞的感觉。朋友介绍来租住农庄的华人客户，也许是不良生活习惯所致，没住多久农庄下水道就堵塞不通。让我和小师妹刚进门就救急，急忙联系管道公司来疏通下水道，否则满屋粪便横流可真让人受不了。经朋友帮助找来两个疏通管道的公司，前后折腾一周时间总算把管道通开，收费单据报上来，总共花费了三千多元。其中仅往返交通费用每趟就要三百多元，不管成效如何路费总要先付。

同样情况不久也出现在附近农庄一位朋友家。他购买的农庄年代已久，又多日未住人，下水道堵塞不通。与疏通管道公司通过电话，得知去农庄疏通管道至少要一千元服务费，这位朋友和儿子都有动手能力，决定自己疏通管道。从穆斯乔租来一套疏通管道专用工具，一天才六十元租金。父子俩带上工具来农庄，打开下水道的中间连接阀口，分段启动疏通机械，不到半天功夫堵塞就得到疏通。一千元与六十元是多大差距？正应了中国传统教育一句话：自己动手，丰衣足食。

做加拿大农场主要生活自在，首先要学会独立生存本领。这就是在这里生活的心得，家里家外所有杂事最好自己做，既省钱又有成就感，何乐而不为？

加拿大男人动手能力强，自小学习男人应该掌握的基本技能，和家庭是否有钱无关。加拿大女人在打理庭院花草、做家务方面能力也不差，每当走进加拿大人家庭，首先有一种赏心悦目感觉。庭院花草枝叶繁茂，花儿艳丽，草儿翠绿，再加上几棵造型别致的树木，别提有多精致！居家室内整洁干净，家具摆放井井有条，饰物、图片妆点很有艺术气息。即使在远离城市的乡村农民家庭也都如此，让我看后感叹不已，望尘莫及。只能说：加拿大民众整体素质高！

其实和所受教育有很大关系。中国人深受"劳心者治人，劳力者治于人"观念影响，父母培养孩子从小要读书，学习成绩好长大才能做"人上人"。至于干粗话、当农民，那是下等人才做的事情。尤其这些年中国人富裕了，奢靡之风大涨，有钱家庭以雇几个全职保姆干家务为荣。温哥华一位大姐，前不久在一家华人新移民家庭找了一份轻松工作，月薪 3000 元。大姐说，她只负责接送主人家女儿到私立学校上学。家里还有两个保姆，一个是从国内带来的厨师，一个负责家里清洁。小公主不仅上学专人接送，穿衣服都要保姆服侍，女主人公曰：培养贵族气质。

国内教育培养出一大批"肩不能挑，手不能提"的低能儿，连自己生活都不能打理的孩子，长大以后会有多大出息？每当遇到加拿大孩童，我都会特别关注他们的一双眼睛，清澈目光里透出来是纯洁、真诚和快乐的眼神，一种原始的单纯。

有位好友在温哥华大百货公司仓库做搬运工，和他一起工作有许多刚毕业的高中生。这些白人孩子干起活来毫不含糊，不仅干活利索且精神愉悦，当问到挣钱目的？答曰：为上大学攒学费、生活费。最初朋友为其放弃学习时间来打工而惋惜，以为是父母负担不起儿女上大学费用。后来才知道，这些孩子家庭背景相当不错，不乏出身于收入很高的医生、律师家庭。加拿大年轻人认为：19 岁长大成人，通过劳动赚取自己学习和生活费用理所当然。

天气晴朗时，开始动手对农庄院落进行大清除。先燃起一堆篝火焚烧清理出的垃圾，再接通水管清洗着门前、车库多日沉积的灰尘，打扫院子里的枯枝败叶。直到夕阳西下落日熔金，天空被染成玫瑰色，门前的河塘、树木沐浴在暖暖夕阳中，各色野花盛开在院子的路边花坛，好美的一幅乡村图画。我伸展着腰身擦了把汗水，用眼睛打量着干净整洁、焕然一新的天鹅农庄，更显得自然又温馨。此时，在屋里准备晚餐的小师妹，到屋前大声地招呼着：吃晚饭啰！

　　自己动手才能丰衣足食，从我做起，从现在做起。

夕阳

从驾驶割草机开始

六月初走进天鹅农庄，第一眼看到的就是满院子青草疯长，有些地方齐腰深，人都走不进去。这么大的农庄院子，没割草机无法剪草，只好请当地农民诺门（Nerman）帮助割草。中午时分，诺门驾驶自家割草机过来，正巧那天我们要出门办事。傍晚回来，满院子青草已全部割完，割草工时 1 小时 25 加元，熟人优惠到 1 小时 22 加元，总共花了 180 多元。

看着显得清爽许多的院子，心里感觉像个家了。可惜好景不长。没出半个月，满院子青草又窜了上来。萨省夏季光照时间特别长，今年雨水充沛，庄稼长的非常好。青草也同样，在阳光雨露滋润下疯狂地拔着往上长。这下子傻眼了，总不能每半个月就请人割一次草吧。温哥华家里的院子小，每半月剪一次草才花 25 元，如果农庄这样请人割草的话费用太大。"干脆买台割草机咱们自己动手吧，"小师妹建议道。

在养羊场工作的赫门（Herman），是对农机设备非常熟悉且会修理的好手。拜托他在周边农机超市购买农机时，帮我选购一台合适的割草机。没几天，赫门打来电话，他看到一台小型割草机在降价处理，加税总共 850 元，比原价便宜五百多，问我是否购买？"马上拿下！"我和小师妹异口同声回答。

一大早刚起床，就听到院子里有机器轰鸣声响起，我推开门一看，乐了。赫门把新买的割草机用大卡车拉到农庄，正在调试，已经在大路边割一个来回趟。"这台割草机性能不错！"赫门笑着说。

小师妹抢先坐在割草机驾驶座上，可发动机就是打不着火。原来是因为她个头小，腿长与体重均达不到最低设计标准，坐骑下面连接

驾驶割草机

开关不能启动。呵呵！看来只有我可以驾驶了。在看过赫门简单演示，我启动割草机开始工作，来回走了几趟，心里更加踏实。这种小型割草机太合适农庄使用了，坐在割草机上的感觉真好。看着齐腰深荒草，在割草机面前齐刷刷地倒下，有一种特别的成就感。不一会儿，大路两边变得整齐敞亮，我信心十足地在农庄院子来回工作着。

操作割草机后，更加体验到农业机械化的必要性，与人工劳动相比，机械化操作大大提高了农民的工作效率。特别在地广人稀的加拿大，如果没有机械化操作，农民根本无法进行生产。

"小试牛刀"后，感觉驾驶割草机已没问题，赫门就回羊场上班。谁知中午休息吃饭回来，割草机又不能启动了，把几个程序都试过一遍还是不行。小师妹把割草机说明书拿出来左右翻看，也不

整洁敞亮

明白问题在哪里？只好电话请教懂机械的朋友，回答：也许是程序不对，加拿大生产的新机器一般不会有问题。我们两个机械盲只好回屋休息，让赫门有空再来农庄帮助调整。

第二天，附近农庄一位华人朋友来农庄串门，让他到院子看过割草机，他一眼就看出了问题。机器发动时要放在中间启动档位上，前进与倒退档位都不行。果然，割草机又开始轰鸣，朋友坐上去试驾两圈，谆谆教导我：这台割草机有三个安全设置。档位不对不能启动，割草刀启动时不能启动，座位上无人（体重太轻）不能启动。呵！加拿大的机械设计对人身安全可谓"用心良苦"。

只用两个半天时间，我就把院子里荒草割的干干净净，比请人割效果都好，把长在墙边、地头、拐弯处杂草都清理一遍，这些地方平时没人愿意花费时间打理。傍晚收工时围着院子走一圈，看着焕然一新的农庄大院，心里有一种说不出的自豪感。如果请人割草，这一次少说也要两百多元。我心中陡然升起一个念头，让小师妹在当地农民网站上刊登一份广告：本人驾驶割草机为客户提供割草服务，收费 1 小时 25 元。

农庄院子的劳动成果让我自信心大增，决定把割草机开到农庄大果园，那里的荒草已多年没割。大果园种有几十棵苹果树、李子树，可惜杂草丛生不能进去采摘。清晨发动割草机时又启动不了，经检查原来是傍晚收工，没有把电瓶档位归零，一夜之间电瓶里的电全部跑光。只好用汽车把割草机电瓶启动充电，机器才又开始轰鸣。一台小割草机前后就出几次大小问题，通过这次实际操作，让我逐步掌握一些基本机械常识。

夜晚下雨，给多日无雨的土地增添不少湿润。天气终于晴朗了，我想趁着雨后潮湿，把河塘边杂草清理一遍，免得杂草丛生看着一派荒凉。秋季割草后不再生长，以后傍晚时分到河塘边散步会非常惬意。不料，由此引出了一件让当地农民至今津津乐道的事情，令我自己也啼笑皆非，今生难忘。

天鹅农庄河塘边杂草从来没有割过，高大茂密非常难割，紧靠河塘长有一排河柳树，连续的大雨让水面上涨不少。我驾驶割草机，慢慢地一点点往前推动，很快清理出来一大片空地。当割草机靠近河塘边高低不平路面时，突然卡住动弹不得。我用尽力气操作前进、后退都不动，便加大油门后退，一脚踩下去机器往后滑动，顺着河塘湿滑边缘往水塘滑去。我拉不动机器，反而被它带进河塘成了"落汤鸡"。只好请羊场的男人们过来帮忙把割草机从河塘拉出来，在水中浸泡久了会损坏发动机。

罗宾汉很快开车过来，在河塘边看到割草机轮子朝上浮在水面。他潜到水里系好绳索，我们几个人费了半小时功夫，才把割草机从河塘里拉出来。发动机盖子仍脱落在水塘没捞上来，罗宾汉说回头再带工具打捞，同时他善意地警告说：这个河塘水位非常深，你们水性不好，以后不要轻易到河边来。赫门听说后把腰都笑弯了，中国女人太能折腾了！

看着这台浑身沾满水中青萍的割草机，我有种说不出的内疚。学做农场主先从驾驶割草机开始起步，短短几日就整出这么多的事情，如果是耕种庄稼，操作各种大型农业机械，岂不知还有多长的路要走！不过说实话，这种有惊无险的小插曲，也为农庄生活增添不少乐趣。经历是一种人生收获，生活在农庄苦在其中，乐在其中。

苹果红了，豌豆黄了

秋收季节的萨省田野，一眼望不到边金黄色农田，仿佛是把天地连在一起的天然锦缎。天空总是那么蓝，阳光总是那么灿烂，湖池边郁郁葱葱摇动的翠色蒲草在微风推展下，一路铺到云水相连的地方。农庄的夜晚，收割机轰鸣声彻夜不停，好似丰收催眠曲为睡梦里的农民带来甜蜜微笑。"一年之收在于秋"，什么也比不上农民对丰收的期盼。

我的一双眼睛，最近老在挖掘自然界的美好。窥窃屋檐下燕子家族的呢喃，小燕子已经放飞，燕子窝只留下它们曾经生活的痕迹；贪念阳光醇厚的麦粒与豌豆香味，混合土与水的笑靥，空气与阳光的融合。经过农庄果园，常会有熟透的苹果跌落身上，像是老朋友一个亲切的问候。还有生长在果园边、野地里各色野花、杂草，在悄然无息地摇曳自己的美丽和繁茂。这是一个神奇的地方，能够容纳万物，在恬静中完成大自然赋予的使命。

温哥华家的前院有一棵大西梅树，今年遇上"大年"，树上的西梅果熟透了。每天清晨起来我都会走到西梅树下，仰望枝头的紫红果实，用手摘下一颗挂着微霜的西梅果囫囵个送到口里，吸吮过甜甜果汁后，再把果核、果皮吐出来，真叫一个过瘾！用不着水洗后放在盘子里仔细挑选，更没有农药、化肥污染的顾虑，全都称之为有机水果。直到临来萨省农庄，那些西梅果还挂满枝头，等候着飞来啄食的鸟儿。

萨省天鹅农庄果园只有各种不同品种的苹果树，大概原来农场主对栽种苹果情有独钟。这些苹果树结的果实有大有小，颜色有红有黄，口味有涩有甜，然而每棵树上都是果满枝头，压得树枝在微风中颤巍巍摇晃好似撑不住了。每当透过农庄明亮玻璃窗不经意抬头时，就会看到果园的苹果树，那些红莹莹、黄灿灿的果实仿佛在向我打招呼。让我突然有了时光倒流的感觉，儿时记忆中，黄河农场有一个很大的苹果园，我家位于紧靠苹果园最后一排职工宿舍。秋季苹果成熟了，从我家打开后窗就看到诱人的果实，闻到弥漫在果园的醇香。也许这种诱惑对一个饮食不足的孩童太具有吸引力，让我至今历历在目。

每个人记忆里都有故乡的背影，或远或近，或浓或淡，不经意地总是会牵扯出许多情怀。尤其对这些远离故土的人们，尽管现实生活中繁花似锦，风光明媚，还是禁不住回望过去那段或许青涩晦暗，或许甜蜜忧伤的路程，回望那段魂牵梦萦却永远回不去的时光。和那片山水，那块土地，和那块土地上生活的人们。

秋季是萨省农民最忙季节，所有机械和劳动力都下地了。

农场主杜因租种天鹅农庄周围的农地，今年种植豌豆。6月初回农庄时，正值豌豆苗生长旺盛期，看到满地绿油油豌豆苗，不由得挑起中国人爱吃嫩豆苗的嗜好。也知道掐来吃应该告诉主人一声，但真要告诉杜因夫妇豌豆苗能掐来吃的话，恐怕需要解释大半天，他们还是摇着头说：这东西也能当菜吃，你们中国人太厉害了！就干脆省事吧，想吃就到地头路边掐一篮子过过嘴瘾。

两个月过去，豌豆已经成熟，农田里满目黄灿灿的丰收景象。清晨，我看到地里豌豆棵已发黄枯萎，今年雨水好，阳光充足，豆荚个个长的饱鼓鼓。可惜有些豆荚已经炸裂，引来成群的鸟儿在地里觅食，路边有些豆棵的豆荚已被啄空，还有一些豆粒洒落在地。我开始为杜因着急了：豆子都已熟透，怎么还不来收割？ 回到家中，催小师妹给杜因打电话，告诉他农庄附近豌豆已经熟透，赶快安排机器来收割。小师妹说：杜因是有经验的老农场主，啥时收割肯定会安排妥当。

第二天清早去里贾纳办事，一上大路就看到杜因的收割机、装

上：苹果红了
下：豌豆黄了

载车停在豌豆地里，他收割豌豆还真准时。回来时天色已晚，豌豆地里收割机闪着灯光还在工作，他们在挑灯夜战。我心里还有点不放心，豌豆熟透了，收割机能够收割干净吗？地里是否豆粒洒落一地，毕竟是快到手的庄稼。

忙完杂事我直奔豌豆地。举目远望，短短一天时间，农庄周围连片豌豆田大部分已收割干净，只剩下东边、南边还没收完。农场主杜因的收割团队速度真快！来到地里，仔细察看刚刚收割完的地面，豆茬收割整齐、干净，地上很少落有豆粒。偶尔有一些豆荚没割净，也是地面不平所致，看来操作收割机真是一项技术活儿。我在地里捡起一把豌豆放在阳光下察看，又放在嘴里咬着，愣是咬不动。果实饱满，干透了，这样的豌豆肯定能卖好价钱。当我站起身，惊动不远处成群的鸟儿飞起，它们在豌豆地快乐地飞来飞去。

萨省秋季也是各种鸟类的天堂，在收获季节，鸟儿也在为冬季积蓄体内脂肪，以度过漫长的严寒。洒落在地面上豆粒，很快被鸟群啄食的干干净净，农田又是一番秋收过的寂静。

记得孩童时期在农场生活，那时候人们口粮很少，特别是贫困的河南农村。庄稼收割后，妇女儿童都会提着篮子，夏季麦收到地里捡洒落的麦穗，秋季到地里扒漏在土里的零星红薯，以弥补口粮不足。儿时我也常常加入拾荒队伍，忙碌一天回到家，提篮里有半篮子麦穗、几根小红薯就相当满意。当时，满地人群哪有鸟类啄食的份儿，它们只有吃草籽喽！

也许是惯性思维吧！作为中国人，常用自己的习惯评判加拿大农民的生产和生活方式，往往带来戏剧性结果。久之，逐步了解生活在这片土地的人们，他们是世界上最朴实、善良和智慧的农民。正是在萨斯喀彻温这片广袤土地上，人与动物、植物在大自然相辅相成地和谐生存，这不就是人们所期盼的"乐土"吗？

鸟儿的天堂

回归田园的华人农妇

天鹅农场又迎来一个阳光灿烂的日子。

早晨，从窗外自然风景画框透来的霞光让人为之一振。简单吃过早餐，我和小师妹提着蓝子，沿着农庄大路到两边农田采摘豌豆苗。前天回到农庄，小师妹就和我聊起最近她常吃的豌豆苗，又鲜又嫩好过瘾。豌豆苗，其实就是秋收丢落地里的豌豆粒，经过几场秋雨，湿润膨胀后发出的幼芽。附近农田今年种的都是豌豆，又遇上大丰收，饱满豆粒爆裂后落在地里很多。雨水多，温度也高，豆苗就蓬勃生长起来，让田地里嫩绿一片。

阳光洒向大地，深秋的萨省田野回映出一层淡淡金黄色，空旷田野里没有一丝风，防风林中不时传来几声鸟鸣。我们蹲下身在地上寻找，看到一棵棵豌豆苗顶端的鲜嫩芽头，准确地掐下丢进篮子，一丝淡淡清香随之而至。农庄那只大黑猫也跟着在地里四处游荡，不时在地上翻个滚，好可爱的生灵，它知道要尽情享受大自然的恩赐。当专注做一件事情，时间就过得很快，不知不觉已收获满满。

光线越来越强，阳光暖洋洋照在身上，让人有一种懒懒的倦意。提着篮子回家，小师妹让我到鸡舍捡鸡蛋，我也想看看农庄饲养的母鸡一天能下几枚蛋，能否满足我俩日常所需。鸡舍用麦秸铺就的产蛋窝里，静静地躺着几枚刚下的鸡蛋，摸上去还温温的。我用蛋盘捡回来一托盘（12枚）有余，不一会儿，午餐桌上就有一盘鲜嫩可口的鸡蛋炒豌豆苗。农庄餐桌的天然食物有：添加亚麻籽全麦面包、鲜嫩豌豆苗、刚出窝的鸡蛋、新鲜黄豆浆、南瓜土豆加红薯，还有地里生长的各种野菜。每天简单充足的食物，大部分来自农庄院子和自己农场，味道鲜美地道，营养丰富齐全。

阳光灿烂的午后，待在屋里太觉可惜，我出去活动，随便把近期家里垃圾拿出来焚烧。房子左侧就是一片树林，前段时间空闲时，我已把林子多年堆积的枯枝清理集中，以备冬季燃烧垃圾用。一条石板小路伸进这片丛林，地上落叶片片斑斓，雨后树林里，潮湿空气中弥漫着一股落叶味道。几只叽叽喳喳小鸟，落在林中幽静石板小路边啄食，阳光从茂密枝叶缝隙中漏下来，温柔地洒在小鸟背上。当我走得太近时，鸟儿才扑腾着翅膀飞上树枝。

我在空旷处架起一堆枯枝干柴焚烧垃圾，火苗燃起，一会儿火头熊熊燃烧。湿润空气里便夹杂一股薪柴味道，让人有了亲近的欲望，温暖火苗对于人类太重要了。虽然现代生活早已让燃烧柴草远离了人群，可童年记忆中柴火的温馨，至今让我见到炭火就想依偎，相比电炉的燥热更显得温情默默。

火势慢慢熄灭下来。树林外面池塘一群野鸭子，在远处斜着头警惕地望着我及林子飘出的烟雾，又不时低下头啄水里食物。我沿小径铺满的枯叶走向水塘，枯叶让脚踩上去软绵绵，心里有了一份担忧，一份欣喜。顺着池塘边小路走过去，夏季青草太深不敢随便走动，万一滑进池塘可不好玩。然而深秋季节，草已枯黄，我走向从没敢走近的水面。树林倒影在平静水面，美丽又恬静，几缕蒲草立在池边。几只白鹅与野鸭为伍，在水面上自由自在游戈，阳光下农庄显得宁静又深沉，靓丽又朴实。

此时的我，如同一位当地加拿大农妇。站在家门口望着湛蓝天空，还有那些飘浮着的朵朵白云，这里是离自己心灵最近的地方。没有都市的喧嚣，没有物俗的膨胀，人与自然融合，这里才是我理想的家园。

想起前天回农庄途中，我和小师妹拜访邻居玛丽莲（Marilynne）

麦田

夫妇，这对老夫妇七十多岁，一直住在自己农庄。他们的家被一片茂密防风林守护着，开车路过看不到里面被树林遮掩的农舍。玛丽莲家不同于其他农户，大门隐于树丛之中。一条石板小路引着客人穿过树丛，方能看到农舍，可谓："曲径通幽处，禅房花木深"，别有一番情调。

这次到访玛丽莲的家，最让我开眼是她亲手缝制的布艺拼花，她用仔细挑选的布块去设计拼花工艺品，有枕套、台布、被套和专用工艺品。她说自己在美国参加过布艺拼花学习班，这是专门为家庭主妇举办的一种工艺性技能，通过手工劳动，为家庭添置具有艺术气息的家用布艺。既美观又有艺术价值，是相当好一种女工训练，专注于此项工艺制作，对老年妇女智力与体力是很好的锻炼。

室内到处摆放着玛丽莲夫妇到世界各地旅游带回的艺术品，一台用老树根雕琢的别致立式台灯，是从遥远非洲托运回来。看得出他们不仅是一对农民夫妇，更是一对隐居的艺术家，这就是加拿大农场主的素质和修养。当玛丽莲把她的获奖作品展示给我们看时，真是太精美了！不由得惊叹和赞誉。色调、工艺、式样，精美地组合成一副拼花艺术品。玛丽莲介绍说附近不少农妇都会做，还特意告诉我们到里贾纳拼花布艺展示室观摩，里面摆满各种精美的布艺作品。

谁也打搅不了这片宁静的心境，追求自由、崇尚自然的人生目标。现代社会许多觉醒的人们开始用自然简约生活方式，真诚朴实处事法则，让原生态的自然宁静渐渐覆盖往日的喧嚣。

可以说：有幸来到加拿大农庄生活，独享一方天地愉悦，真算得上人生一大美事。每天清晨沿着土路散步，吮吸着浸润五脏六腑的新鲜空气，任凭草儿露霜浸湿了裤脚，沾满衣襟；聆听鸟儿婉转清脆鸣叫，池塘里野鸭"扑拉拉"的入水声。一个回归田园的华人农妇，多么惬意和幸福！

乡村

简单古朴的农庄生活

　　自从来萨省当农民以后，亲朋好友都好奇地询问我在农场的生活。一是关心，二是好奇，毕竟中国人对远在加拿大偏僻的农场没有概念。一个年纪不小的中国女人在那里怎么生活？

　　农场是整体概念，指农业生产单位、生产组织或生产企业，以农业种植或畜牧养殖为主，经营各种农产品和畜产品。而农庄只是农场一部分，是农场主生活的地方，如天鹅农庄是我日常生活居住之地，只是天鹅农场一小块而已。

　　首先，农庄不同于庄园。农庄是农场主家庭生活之地，位于乡村田间，与农场日常劳作密不可分。而庄园是贵族、富翁居住宅邸，常常建筑在都市近郊和风景优美之地。加拿大农庄选址往往在自家农场农地中间，选择一块平坦、向阳且靠近水源的地方，周围栽上一排排树木形成自然防风林带。草原三省冬季寒风凛冽可是出了名，有外面一层防风林阻挡，农庄院内栽种的果树、花草，还有饲养的牛、马、鸡、鹅，就显得安逸多了。农庄院内建筑除了住宅，还有马棚、牛舍、机器房等，在大雪堆积严冬会显得安全和方便许多。

　　我前面有两任农场主，首任农场主是当地有名的大农场主，勤劳、智慧、精于农耕，当有了足够积蓄后，于1978年，在自家农场土地选址修建了这座农庄。其建筑规模和档次，在当时方圆几十里的萨省乡村小有名气。农庄生活设施功能齐全。有农场主家庭居住的房屋和生活配套设施，就是水、电、天然气、电话，包括现代网络通讯。虽然各个农庄房屋建筑大小、档次有差别，可基本功能房间如卧室、餐厅、厨房、卫生间都具备。

天鹅农庄建筑下半部分是用水泥构筑而成，相比大部分农庄用木头搭建显得坚固扎实许多。农庄的建筑面积足够大，采光效果好，各个房间显得宽敞、明亮，尤其不同于城市标准别墅建筑，是没有宽大的主人房、儿童房及楼下简易工人房之分，四个卧室分立于二楼走廊两边，面积大小、配套衣柜一模一样。四个卧室共用一个卫生间，客厅和楼下各有小卫生间。前任农场主有六个孩子都生长在这里，这些宽大卧房满足了众多孩子的生活需求。

现在我和小师妹各住一间，余下两间做客房，朋友们偶尔到此探望，能够在宽敞、安静房间里饱饱地睡上一觉，也不枉此行哟！

来天鹅农庄做客的朋友，尤其喜欢农庄宽大、明亮的餐厅和厨房，特别是那套六头天然气炉灶，几乎让所有来访者羡慕不已。中国人对厨房的热爱，远胜过西人对卫生间洗浴设施的关注，来到北美，遍地都是中国人喜欢的别墅豪宅、高档公寓房。可一看厨房就傻眼，用电炉灶做中国餐真是太难了，炒菜时稍不注意报警铃响起，让你热情美餐一顿的心情猛降到零点，只好凑合着煮。我温哥华家里厨房已足够大，为满足朋友聚餐方便，又特地新安一套四头大号天然气炉灶，可比起天鹅农庄的厨房也只能是"小巫见大巫"。不少华人朋友在温哥华拥有价值不菲的豪宅，当看到天鹅农庄宽大餐厅时也都很羡慕。餐厅与厨房配套，可同时容纳十几个人就餐，加上隔窗场院放置的烧烤炉，2011年"中秋"聚餐时，中、西农场主围坐二十几位都绰绰有余。

坐在餐厅前，透过高大玻璃窗可以望到农庄院子景色，有果实累累的苹果树，水波荡漾的河塘，野鸭群"嘎、嘎"地叫着，燕子在房檐下筑窝。田野是一望无际的庄稼，院子里跑着狗、猫、家禽，所有的生命和谐地融合于大自然中。不由得人的心情也慢慢安静了，有一片绿荫栖身，有一缕阳光呼吸，有一份平淡真实的生活守候，是多么快活的人生！

非常值得推荐的，还有农庄二楼南向宽敞阳台。那里常年都有充足的阳光照射，萨斯喀彻温省光照时间长，天气晴朗时，我们常把被褥、衣服拿到阳台上晾晒。紫外线照射是最好的杀菌剂，这一点我坚持中国人传统习惯，不仅仅是节省能源，大自然馈赠的天然杀菌剂应该承接。

不少朋友以孤独、寂寞的心境评价农庄生活，好像生活在这里是为悲观厌世而来。放弃都市繁华，来到穷乡僻壤过日子，似乎不是正常女人应该有的生活。其实不然，这里给我带来是浓浓地、带有梦幻式的真实生活，简单又充实。清晨起来，煮一壶茶坐在桌前喝着，上午乘着太阳不热时在院子干些杂活。简单可口的午餐后，开始在办公室阅读和写作，傍晚正值国内上班时间，通过网络处理公司事务，与朋友交流信息和心得。一天中几乎没有电话铃响，脑子里空白且洁净。

我常静坐在这里，望着周围一切沉醉其中，享受着一种时光的安详。远处，收割机轰鸣的节奏隐隐约约传入了耳畔，声音是那样的深沉浑厚，感觉一样绵长和悠远。加拿大简单古朴的农庄生活，令人们浮躁的心安静下来，静静聆听着大自然的空灵。我已适应了静静地倾听、静静地领悟。

农村走向何处？也是我在农庄经常思考的问题。

加拿大乡村与中国农村都同样经历着凋零，我时常走过周围废弃的农庄而久久地凝视着。没有流泪，却有一种哭泣在心中无声的绽放。这些房屋经年累月无人居住，慢慢没了人气，野草侵蚀着房屋最后的角落，破落成毫无生气的旧宅，最后只能坍塌。每至狂风

上：客厅
下：厨房

上：阳台
下：办公室

上：餐厅
下：朋友聚会

肆掠的深夜，废弃农庄里都回荡着令人生畏的声响，不知是房屋在哭泣，还是村落在呼喊？人们走向城市对乡村是否意味着一种背叛，或者说，抛弃了修生养息的家园，会找不到自己的根。

傍晚，走在农庄田野边缘，我用力地吸气。那飘着豌豆叶子气味，从湿润空气中被我仔细分辨出来，一丝一缕地进入欣喜的心房。脚下可触及的土地，湿润、柔软，未曾有过的辽阔。我仿佛看到了一份责任，一种传承，一种归根于灵魂的骄傲，仿佛要将自己身躯也融于这一片天地间。

壁炉

这儿离天堂不远

整个秋季，我都居住在萨省的天鹅农庄。

黎明或黄昏，就会从农庄四周树林里飘来清幽俏丽的风声鸟鸣，倚窗恭听，常会在明亮宽敞落地大玻璃窗前，看到院子走来几只悠然散步的白尾鹿，与我隔窗相视而后慢慢悠悠地离去。还有一家毛色红黄相间的狐狸，大概就是当地农民早就告诉我的红狐狸家族吧！草地跳过几只洁白如雪白兔，猜想就是去年从萨斯卡通购回的两对白兔，后来打地洞逃跑，已开始在原野里繁衍后代了。这些可爱的动物精灵都是我的近邻，它们居住在农庄果园深处草丛中，我特意到果园里查巡过，齐腰深蒿草到处都是鹿蹄印子和粪便。这是听取一位好友建议：不要清除果园里的杂木草丛，让其退回原生态植物群落，还动物族群一个安身之处。

几年过去。果园里十几棵果树早已成为鸟儿的乐园，西梅、苹果等果实都是鸟儿们美餐，成群的鸟儿嬉戏在果树枝头。农庄四周外围高大防风林带和内层稠密的灌木丛，则成了鹿群、狐狸、豪猪等野生动物家园，底层杂草是居住在地洞里土拨鼠的乐土。偶尔也能看到一两只麋鹿（Moose）昂首阔步地路过，毫不在意玻璃窗内那双窥视的眼睛，不知它们是过客还是邻居？虽然我是这片土地的主人，可清楚知道这些生灵也都是农庄"大家庭"成员，它们生于斯，长于斯，比我更有资格自由自在生活在这片肥沃的土地上。

秋季是成熟季节，是农民忙碌的日子，也是各类动物族群为漫长冬季贮备食物的时候。农庄四周刚刚收割过的农田及水塘里，吸引着成千上万只鸥鸟、大雁、野鹅还有天鹅在觅食，看起来密密麻麻，飞起来铺

天盖地。湛蓝色天幕上总能看到飞过"一字型"、"人字形"队列的雁群，从清晨到黄昏。小时候在黄河滩里看到的大雁群，实在无法与这里的数量相比，也许当时中国农村的"颗粒归仓"已经让田野里没有多少粮食供鸟儿觅食吧。凡是在农庄居住过的朋友，都会被萨省秋季原野上成群结队的鸟群所震撼，它们是大自然的精灵。这里的鸟群对路边过往车辆毫无畏惧感，依然埋头做自己的事情。有时我回农庄路过，实在想看它们飞起来的雄壮场景，就只好按汽车喇叭鸣笛，可也常常无效。

"可怜的鸟儿呀！你们也太没有忧患意识了。"只好叹口气作罢。

在这儿住下来后，心情自然渐次宁静，还原心灵之初那一片清澈。当陶醉在大自然厚重、幽远、空灵旋律中，积淀已久的烦恼与纷扰瞬间如烟般远去。在这成熟的季节，我常常毫无目标走进田野，静静地漫步于山野村落、田间地头，一望无际大平原让人的视野变得开阔无垠。午后的太阳照在茫茫大野，田地是安静的，水面是安静的，村落是安静的。只有在自然身上，人们才能得到最厚重最原始的安静。

渐渐地，喜欢执着于这种平静的生活状态，不羡慕权贵，不奢求繁华，只想在简约日子里守心。童年，曾想象过的简单小幸福，每天让初晨第一缕阳光洒在懒懒的身上，感受大自然赐予的温暖。现在，在这里，在远离中国万里之遥的萨斯卡彻温乡村里实现了。

黎明，鸟儿啼鸣，草香怡人。清晨红霞直射床头，早餐后一天散淡时光开始。日落黄昏，夕阳悄悄地给树梢披上一件金黄色外衣，我捡柴穿梭在树林小路，听那踩在厚软枯叶上的嚓嚓声，让璀璨夕阳在黄叶中揉碎。凉清午夜，明月高挂，清辉朦胧原野只有一轮孤月悬空。月色恣意地泻在大地，使原野平添了一抹神秘，深厚。我时常发现自己会轻易被陌生中的熟悉所诱惑，竟然会有一阵恍惚，以为自己回到了久别的故乡。那是从院子上、窗台上跳出来气息，饭菜香更有了浓浓的乡味，深

蓝天白云

深地吸上一口，瞬间家乡就在了眼前。

我向往乡村生活，是一个人在生活轨道上行走很久后，一种淡定的回归，一份灵魂的依托。几缕炊烟，一方院落，几声池塘蛙鸣惊醒着黄昏的宁静。宁静，安详，淳朴，自然，这是乡村的魅力。躺在茅草间看蓝蓝的天空，站在高处看原野的宁静，听着鸟鸣兽叫久久回荡在寂静的山野。生活会让一个人离开圆点，然后不断地拼搏一个完美的圈，可转一圈后才发现，还是乡村能给予自己最充实的满足和欣慰。于是，向往乡村，向往乡村的自然野性，向往着每天抱个枕头能够睡到自然醒。总觉得永恒的淳朴风情只能存在于乡村。有时梦里会出现一幅画面：村头老树斑驳着流年记忆之痕，一个放牛娃靠在树下嘴角带着微笑酣睡。农家院子里，金黄的玉米，高高的麦捆，后面的果园子散发出诱人香气。

立冬季节，天快要冷了。凯维尔村的杰克夫妇在给自家小屋墙根培土，我们路过也加入填砂培土劳动，敞开胳膊抢着铁锨干一阵子，身体微汗：舒坦。又到隔壁邮局大妈瑞尼家取信件，邮局大妈是土生土长的本村人，六十多年来她见证了这里的变迁，凯维尔从兴旺到衰落全部过程。农村人口大批量流向城市，这是工业化发展的必然，乡村凋落，村里小学校卖掉了。大妈的孩子们也都留在了都市生活，只有她和老伴依然坚守在这里，舍不得离开故乡。

邮局大妈说：前些年有个画家到这儿写生，画家一边拿着画板一边对她说：这里太美了，简直是天堂！大妈看了画家作品，坦诚地说：我在这里生活了一辈子，不知道自己家乡有这么美。邮局大妈当谈到自己的故乡时，脸上眼里充满了微笑和自豪。"谁不夸自己家乡好！"

在这里住久了，真的感觉"天堂"离我很近很近，就停驻在心里。其实就是对真善美及简单淳朴的追求，自然、淳朴、平静的生活是人类回归之梦想。我正一步步走来，向憧憬的那个梦想走来。天鹅农庄，这儿离天堂不远。

乡村生活的无奈

近来，农庄住宅暖气系统出了问题，屋子里阴冷待不住人。

寒流一来，乡村农庄室温对居民生活越发显得重要。在网上和电话里已经预约过当地天然气维修部门，可惜一时安排不上。每当冬季来临，各家农庄的暖气系统都要检修维护，以保证安全过冬。此时，也是天然气维护部门最忙碌日子，客户都要排队预约。

没有办法，只好请教社区主任杰克夫妇，这对热情的老夫妇很快开车来帮助检查暖气系统。经杰克初步察看，认为燃气锅炉没问题，可能是热水循环系统出现障碍。他仔细检查过上、下楼房间的循环管道，最后打开阀门除去堵塞管道脏物，热水循环终于畅通了。不一会儿，室内就暖意渐升，到了下午农庄房屋已经温暖如春。十分感谢杰克夫妇，及时赶来帮助我们解决生活中的难题。在农场生活和居住必须具备许多的技能，在这里住得愈久感受愈深。女人对机械维修是天生弱项，农场里没有男人在实际生活中就会遇到许多无奈。非常幸运，周围有这么多热情的邻居和朋友提供援助，才使得我们能在偏远的萨省农场过上自由自在生活。

天冷之前有许多事项要安排，农庄院子里牛舍、鸡棚的水管，多年失修锈得打不开，饲养的小动物们冬天要喝水。请技工修理距离远，算上来往交通费再加上零件费，维修好一个水管就花去300多元。类似这种小问题在农场时常遇到，没有能力维护又居住在农庄的人们，其生活成本要远远高于城镇。

冬季到临，要安顿好农庄饲养的各类小动物。盖在树林中的鸡舍，面积大的足以饲养上百只母鸡，天鹅农场有个选种机，每年都有农户把选种筛出的瘪麦子留下来让我们做鸡饲料。现在牛舍还有几大麻袋瘪麦子，足

天鹅农场的女人 ▶▶

够几个冬季饲喂。10对鸽子养在牛舍二楼阁楼上，前段时间看见它们生蛋了，不久便孵出来四只小鸽子。要给鸽子多放置一些木头箱子做窝。兔子在草垛下面打洞，平时一只兔子也看不到，一有动静它们就跑回兔洞里躲起来。冬季，兔子洞温暖又安全，日常只需增加一些果皮、野菜供应就可以。

刚买来的五只大白鹅最麻烦，跳到农庄池塘里怎么也赶不回来，前不久让大概小豺狼吃掉一只。我围着农庄绕一大圈，总算看到浮在水面的四只白鹅，看我走近，它们就"嘎、嘎"地往池塘深处游去。当围着池塘四周巡视时，我突然发现一地鹅毛，那只大白鹅被小豺狼吃掉的猜测终于得到证实。萨省原野的小豺狼是野鹅、野鸭天敌，天鹅农场附近大面积农地都是政府区划的野鸭保护区。这里土地辽阔，池塘、湖泊众多，水面与农田相连，是野鸭生息繁殖好地方，也是加拿大野鹅聚集地。这些野生禽类敏捷、警惕，具备抵御天敌的本领。

可惜，天鹅农庄喂养的家鹅，早被人类饲养成了束手待擒的"笨鹅"。这五只大白鹅自从来到农庄，遇上这里的天然水面，便萌发回归原野的动机，不论怎么召唤都不再回窝。可怜这些大白鹅，从小没有受过野外生存训练，深夜里遇到狡猾的小豺狼突然袭击，一只白鹅没来得及跳入水面就成了豺狼的口粮。当我把信息告知小师妹，她心痛又惋惜好久。其实，大自然就是如此真实和残酷，"适者生存，不适者淘汰"的自然法则谁也逃脱不了。

近期天气晴朗，风和日丽，听说很快就要降温。一大早，我到院子里清理杂草废物，想趁着秋后杂草干枯，把接手几年来都没有清理的场院杂草和农业垃圾一把火烧掉，明年开春青草生长会更加茂盛。火燃着后我在四围看护，担心火势蔓延扩大，由于周围没有其它可燃物，火势到田间地头就很快熄灭。后来，小师妹也来帮助燃烧牛舍前面的枯草，不料，火苗顺着风势一路向东边蔓延，很快就越过我家地界到了邻居田头。河渠两边杂草很厚，又是旷野，下午风势大起来。尽管周围没有建筑物，也没有秸秆、草捆易燃物，不会导致火灾。也担心火势沿着河渠、路边杂草丛一直往外延伸，毕竟已越过天鹅农场地界。可是已无法阻止火苗蔓延，眼看着烟火在辽阔田野里升腾，周围邻居肯定都看到了烟雾。

果然，杜因开着他家耙地机赶了过来。他很有经验，开着耙地机沿着火势四周耙出一个隔离带，火苗慢慢就熄灭了。杜因说：由于这里长时间浓烟滚滚，他担心有火灾发生，已通知当地消防车，一会儿就会赶到现场。正说着，一辆红色消防车开到地头，周围跟了好几辆附近农民的工具车。这点火苗禁不住消防水龙头一阵横扫，他们又到农庄院子检查已烧过的地方，怕留有火灾隐患。

一阵忙乎以后，邻居们看看没啥事都陆续开车离去。不一会儿，消防警察走过来要我的身份证件（汽车驾照），说这趟消防车出现场要屋主出费用700元。"OK"，这场燃火费用可不低！杜因夫妻说：以后再有这种燃烧杂事就叫上他们两口子，大家一起围好圈，火势就不会蔓延。乡村有许多破旧农舍都是这么烧掉的，人工拆除费用太高，但安全措施一定要做好。

从上午到傍晚篝火熄灭，大半天忙碌着在田里来回奔跑。人散开后，回到家里又累又饿，才想起来一整天还没吃东西。睡觉前我还惦记火苗会死灰复燃，第二天大早醒来，又围着场院转了一圈，把还在冒烟的柴草垃圾清理一遍。中午杜因开着耙地机围着农庄周围又耙了一遍，保证再清理枯枝败叶燃烧就不会往外蔓延。回到房间歇息时，才感到胳膊酸痛的抬不起来，大概昨日的忙碌和紧张让我忘记了疲劳。这会儿停歇下来才有知觉，正应了现代一句流行语言："痛并快乐着"。

在偏远的加拿大乡村生活，有着诸多不便，也有着许多无奈，凭借微弱的人力无法与大自然抗衡。不过，生活在这片沉寂的土地上，也有着许多欢乐，千姿百态大自然景色变幻，平凡真实的田园生活会让你乐趣无穷，心旷神怡。

收割的牧草

留一天时间给自己

2013 年 11 月 1 日，早上起床已是上午 10 点。两日来干活疲劳，又遇上国内周末不用处理公司事务，昨晚，不到 10 点就洗澡上床睡觉。这一觉整整睡了 12 个小时，睡得很沉、很香，我一向睡眠不错，但像这次一下子睡这么久也是多年未遇了。

起床后第一件事是先喝一杯水。再去给鸡、鹅喂食，我家饲喂鸡子用瘪麦子、劣级豆子等原粮，每周往饲料桶添加一次即可。但饮水要天天换，冬季结冰保证鸡群有水喝。三只鹅已从湖里赶回来和鸡群一起生活，鹅的采食习惯与鸡差别很大，需要有青绿饲料。为此，我们就把每天吃剩下果皮、菜叶留起来，切碎后放些剩余狗粮再加些水，满满一盆供鹅采食。物尽其用，自然循环，天鹅农庄几乎没有厨余垃圾。

一边看着鸡、鹅欢快地进食，一边到鸡窝收集鸡蛋，今天又收 11 枚

点缀

鸡蛋。天冷后母鸡产蛋减少，每天有 10 枚鸡蛋足够自己食用，还可以积攒起来送朋友。我的生活体验：农庄可以多养鸡，鸡是农庄最合适饲养的动物，可消化掉农场的劣等原粮。如天鹅农庄喂的鹅、兔子、鸽子，都没有养鸡实用和方便。

回到屋里开始做早餐。把刚捡回家的新鲜鸡蛋拿出两枚，放在平底锅上煎，蛋黄显得金黄浑圆。又从冰箱拿出一包全麦面包（加亚麻籽），

天鹅农场的女人 ▶▶

取出两片在面包机烤热，夹上刚煎好的鸡蛋。面包醇香立刻香味四溢，可谓：美味可口，营养齐全。在国外生活这些年，我最喜欢的食品就是各式面包，尤其是原味全麦面包。优质小麦不用精细加工，没有添加甜、咸剂，原粮的自然香味越嚼越香。加拿大人喜欢的面包餐简单快捷，营养丰富，非常适合简单朴实的农庄生活。

前几天，萨省农夫来农庄，带了一小袋自己地里种的黄豆，让我高兴了好久。原来从温哥华带过来一台豆浆机，在里贾纳超市没看到黄豆，只好买一袋豌豆代替，其口味与黄豆浆差别挺大。尽管萨省农夫种的黄豆颗粒不大，里面还夹杂有没捡干净豆荚，可放在豆浆机打浆后，黄豆浆生鲜味道立即溢出。我打的豆浆不用过滤，原汁原味热豆浆比超市售卖的稀豆浆强多了。

早餐吃饱喝足便出门巡视农庄。突然发现右前方农地有浓烟冒出，有了前几天焚烧杂草引起火势的教训，我马上开车沿大路往冒烟方向驶去。走到才看到地里杂草已燃烧完毕，只残留几缕烟雾往空中飘散，四周有耙地机特意耙出来的隔离带。呵呵！大概又是农场主杜因的杰作。一下子明白了，原来这块地也在我名下，与其它地块一起租给杜因耕种。这块农地靠近334省道，高坡上留有原农场主的破旧场院，我前年专门到此查看过。虽然农庄场院早已破烂不堪，但占用地盘却不小，荒草一片无法耕种。

这两年杜因租种不少农地，收益颇丰，自然希望再多一些耕地耕种。那天放火烧荒启发了杜因的联想，这块破旧场院的耕种潜力被他发现。燃烧的杂草成了上等肥料，一把火又省去不少清除费用，大概昨晚杜因就开始动手烧荒。这把火让他一下子增加几英亩可耕土地，肯定心里乐开了花。对于"地主婆"来说，也是一件求之不得好事情，农地产权还在我名下嘛。

此时晴空万里，我沿着机耕路往高坡开去，想远距离观察天鹅农庄周围农地和景色。车停在田野高处，站在那里望到远近辽阔农田和湖泊，恍如金黄自然画框里镶坎着块块墨绿色碧玉，十分恰当协调，让人不禁心旷神怡。天鹅农场隐约展现在金黄色旷野，八个金属粮囤和白色屋顶在阳光下辉映出亮光闪闪。身后是大片刚耕过的休耕土地，黑色泥土肥沃而深沉，更显出大自然魅力无穷。

回到家已是下午2点，简单午餐：一盘炒青菜配面包，再加一壶热藏茶。下午到农庄大果园清理杂草枯木。多年未打理的果树行间已难进人，在秋末下雪前采用焚烧方式最方便，既省力又省钱。让这些枯枝败叶燃烧起来也不是一件容易事，先把果园里枯死树枝砍下来，燃起火堆，再分别点燃周围草丛。整个下午，来回忙乎着点燃火堆，又巡视守护着火势。直到傍晚，偌大的果园还只是几块燃烧过，离清理干净差距尚远。明天下雪，燃烧工作不能再继续。

　　天很快黑下来，萨省乡村的夜晚真是漆黑一团，伸手不见五指。除了农庄西面凯维尔方向有农民烧荒的两堆光亮，再也看不见天地景物。我回到房间开始写作与办公，由于与国内时差关系，傍晚正好是国内上班时间。现代通讯技术发达，让遥远地域变的瞬间可至，办公已无所谓亲临现场。此时，正是国内周日上午，公司组织的勘测团队正在济源小浪底凤鸣岛工作。他们随时给我发来现场照片，当地连降三天雨，雨后天晴的凤鸣岛显得越发秀美。水面比夏季更加浩瀚广阔，比起国内大面积的雾霾，凤鸣岛是阳光明媚，蓝天白云，难得山青水秀、环境优美的好地方。我们计划在岛上建设生态农庄式玫瑰基地，让更多都市人来此休闲度假，享受大自然的身心疗愈。

　　夜越来越深。晚晚冲一碗麦片粥作晚餐，走到院子做最后一遍巡视，牛舍顶上那盏夜灯给了农庄彻夜的光亮。让夜归路过农民知道这里住着一户人家，有事可以随时帮助。每次夜间开车回农庄，我都会被漆黑旷野里一片片灯光所感动，有光亮就有人家，有人家就有支援。在人烟稀少的萨省乡村，人们善良热情，一人有难百人赶来支援。在这里生活你不会感到孤独和寂寞，只要需要随时就有热情双手伸过来。

　　留一天时光给自己，做回真实的自我、做一个充实的女人。

天鹅农场的初雪

　　自从成了加拿大农场主，朋友们大多会好奇地问："听说萨省冬季最低温度有零下三、四十度，你在那里怎么生活？"如同许多没有去过西藏的朋友，听说我开着车进西藏，也都会问："高原反应很可怕，严重时会让人死亡，你进藏有没有高原反应？"其实，大都是人们心里恐惧在作祟。真的来到这些地方生活，你会发现远离熟悉的都市生活，会有着一种新奇美好的感受，看到更加动人的景色。

　　昨夜农庄下了一场小雪，算是今年初雪。早晨推开窗，一个雪白的世界映入眼帘。看着设置在窗外的温度计，气温已骤降到零下10度。雪儿总是这么静美亦如今晨，在我甜美睡眠中漂落世间，无声无息毫不张扬，低调到了极致。我在北方黄河岸边长大，喜欢冬季雪天，可以说对下雪有着一种渴望。移民这些年定居温哥华，那里冬季温度常在零度以上，偶尔也经历过大雪甚至暴雪，可惜一场大雨降下来，积雪很快消失无迹。即使回到国内北方城市居住，下雪似乎成为一种奢侈的天气享受。

　　站在门口极目农庄周围旷野，积雪素白的格外耀眼，没有一丝灰尘。我依旧例行着农妇职责，去鸡舍给鸡、鹅添加饮水。零度以下时，圈舍内饮水盆会结冰，不每天换水小动物们只好渴着。等冬季常有积雪后，它们就可以到院子里吃雪。还有饲养的兔子，农庄冬季已没有果皮菜叶可饲喂，我就在院子向阳处寻找大蓟菜，挖来喂兔子和鹅，蓟菜放在圈舍很快就被啄食干净。这下子，冬季不愁没有青绿饲料了！

　　鸽子，从运回来就在牛舍二楼里圈饲着，冬天顶棚更加寒冷，饮水盆会结着厚厚的冰。我担心农庄冬季不常住人时，没办法保证饮水，不如现在就让鸽子到室外野地觅食和吃雪。试着打开牛舍二层阁楼门，拉开不大的缝隙，以方便鸽子们进出。不一会儿，一只灰色鸽子从门缝里露出头来，左顾右盼地张望一通，"噌"地一下飞向天空。它在农庄院子上空飞翔盘旋着，没多远又落回在牛舍屋顶，在那里可以听到鸽子同伴"咕咕"的叫声，里面就有它温暖的巢穴。

饲喂工作结束后，我来到农场四周旷野。此时，雪花儿还不时地飘着，一片一片，一朵一朵，悠闲自在，像漫天盛开的花朵轻轻飘落。静静地走在这万籁俱寂的旷野，一地雪花如棉朵般簇拥，安静典雅，彰显着它的大气平和。

午后，太阳出来了。初雪后天鹅农场天空蔚蓝，在白雪衬托下阳光显得特别灿烂。被雪覆盖焚烧过的灰烬边沿，仍有一缕缕白烟从里面冒出，热气遇上寒雪，形成一片片美丽别致"雪霜花"。形状各异，晶莹剔透，在阳光折射下呈现出银色光芒。我久久地注视着这些大自然造就的精灵，沉醉在雪儿静美中，安享这一片明净。此时，心纯净无一丝杂念，仿佛在用生命中最真瞬间与雪儿谈一场唯美的恋爱。

我特意在洁白无瑕雪地上踩出一行脚印，如同儿时，刻意在雪地上演绎着孩子般的梦境。积雪静沃无崖，白的一尘不染，让心灵有一种颤动感觉。这是在城市永远看不到的画面，当然感受不到走进大自然，走进无垠旷野和天地之间的雪域柔情。也只有走进北方的旷野，才会体验到瞬间被雪的凉气打透棉衣的感觉，穿得再厚也能感受到冷气逼人，沁人心扉。此时气温还不算真的寒冷，但我穿着薄棉裤已无法抵御旷野寒风，便在心里计划下次再回农场，一定带一条厚厚的皮裤，自由自在地在冰天雪地里行走。

加拿大冬季虽然外面气温很低，可太阳依然灿烂温暖，仔细观察

冰凌

过农庄的室外温度计，早晚是零下5-10度，太阳升起来的午后，温度迅速上升至零度。萨省是加拿大日照时间最长的地方，阴雨期很短，雨后乌云散去很快就出太阳。加拿大农庄的保温设施良好，每户农庄都有供暖循环系统，足以让室内温暖如春。为防止管道冻裂后损伤室内设施，农场所有住人的房屋，即使冬季暂时不住人，也必须保持零上以上的室温。

下午，农庄附近粮仓停了一辆大型运粮车，车子走在我家门口停下来，从驾驶室里下来的司机是邻居杜因。2013年粮食大丰收，粮囤里装满新收获的豌豆，我们说笑着为杜因加油！随后，杜因夫人也开着吉普车赶过来，他们夫妇高兴地接受了邀请，忙完这几日到我家喝茶聚餐。做农民最喜悦的事情当然是粮食大丰收，一年辛苦都寄托在这谷仓满满的时节。

傍晚，罗宾汉和赫门来到天鹅农庄，帮助更换卫生间座便和厨房灯泡，还要调试楼下的暖气锅炉。冬季将至，每个农庄都在为安度严冬做准备。多亏这些善良的朋友们呵护，我们也只有用美味可口农家餐回报他们的帮助。小师妹说：农庄这些杂活儿平时都是大伙儿帮忙干，每次都让她感动的一塌糊涂。

晚餐期间，两位即将返家的男人同时接到夫人问候电话。寒冷季节开始了，丈夫能够安全按时回家，对每个居住在加拿大乡村的普通家庭显得多么重要。平凡简单的乡村生活，全家人温馨地聚在一起吃晚餐，这个在中国农村延续了多少世代的习俗，已被现代社会都市生活所打破或被遗忘。而在加拿大，这个发达资本主义国家城乡却依然习同见惯，男人们没有在外应酬不按时回家的习惯，让我这个中国农妇不禁生出羡慕之意。

天鹅农场的初雪，给我留下来这么多的美好记忆。

温柔月夜与凛冽冬雪

从温哥华大雾天空到里贾纳小雪飘飘，中间只间隔两个小时。

自繁华都市回到萨省的偏僻农庄。里贾纳城市房顶上已是一层白雪，而萨省南部乡村确是小雨蒙蒙，小师妹说，她近期关注到天气，天鹅农庄比里贾纳气温要高出 5 度以上。果然，越走越暖和，中途下起了雨，连日奔波疲劳让我悄悄地躺在车上睡着了。回到农庄已是深夜，除去屋内的灯光，农庄四周漆黑的夜空看不到一丝光亮。不知为何，我几乎一夜未眠。

整整一天路途，回到农庄自己家里温暖床铺上，本应该好好歇息，让疲惫身体得以纾缓，可我却无法入眠。朦朦胧胧已是后半夜，一片明亮的月光射入农舍，睁开眼睛，不经意间望到窗外湛蓝天空中那轮明月。

想起来了，今夜是中国的农历十四。月亮已经很圆，月光显得很清淡，也很纯洁。我起身披衣站在窗前，久久地望着农庄白雪皑皑的院落，皎洁月光默默地泻在厚厚雪地上，让房间也开始弥漫着月色暖意。眺望窗外，靠近农舍有几棵白桦树，林荫已失去前些日子的葳蕤。树叶随着冬季风儿摇曳，已悄然滑落在地，使叶际有些稀疏。可那些固守着枝干的叶子，笼罩在这月光之下似乎突然有了光泽，一大团雪块依然夹在树枝叶片之间，在月光下显得格外丽亮。留下的树叶在月夜微风吹拂下，更加充满了活力。

夜空中星星若隐若现，皓月皎洁，一切都仿佛被无尽月夜的帷幔包裹着，影藏了踪迹。室内空气，也显得格外顺畅，有一种淡淡柔和的感情弥漫在夜空，心便渐渐归于平静。此时的天鹅农庄柔美安静极了，自己仿佛不是身处茫茫的雪原，而是在一个银色梦幻世界里漫游。

早晨起床天已大亮，我迫不及待地打开房门冲向场院。炫目的阳光，冲出白色帷幔洒满了清晨大地。雪，安静如一。我在阳光照射下眨巴着眼睛，像孩子一样惊奇地打量着这银色世界。没曾想，连日风雪漫天狂舞，原本那丰富多彩的天地万物，似乎瞬间就变成了茫茫雪野。围着院子转一圈，蓝天白雪，阳光暖暖，飞鸟成群，内心悠然。突然看到牛舍房檐下挂着长长的冰凌，如同冬季故乡房舍一般。那是雪水流淌的泪滴凝就，洁白被一点点稀释，渐渐隐去成为冰琉璃。

天鹅农庄的牛棚、鸡舍、机器房依然如故，只是披上一层厚厚的雪被。而秋季几只鹅儿游曳的小池塘，早已被积雪覆盖如平地，尚不小心就会陷入雪窝拔不出来。我试着往里走上几步，雪已把小腿埋没，只好作罢后退。

雪地上出现一串大大的蹄印，问过罗宾汉说是麋鹿，他有次路过天鹅农场看到树林边上站着麋鹿一家三口。这种动物在北美称为Moose，中文则翻译为"驼鹿"，公鹿头上巨大，呈现扁平一大片角，是其独一无二的特征，生活在欧亚与北美温带到亚寒带气候区。与中国特产"四不像"（头脸像马、角像鹿、蹄像牛、尾像驴）麋鹿不是一种动物。驼鹿是世界上体形最大和身高最高的鹿种，大多数体重可达700公斤。这里草木茂盛，为麋鹿族群提供了丰富的食物。

然而，加拿大草原省冬日寒风总是凛冽的。午后，风骤然刮起，不一会儿通往外面世界大路低洼处，已被风刮来的厚厚积雪抚平。

下午，我到养羊场看望冬日放养的羊群，小师妹去凯维尔邮局大妈家取信件。连日冬雪，车子在雪地里不好开，小师妹已好久没有出门。有罗宾汉开大卡车在后面跟随，小师妹开车走雪路胆子也大起来，其实

只是农庄到大路百米路途上有积雪，上 334 公路就一切顺畅。也就在离农庄大门几十米地方，小师妹开的吉普车开始在雪窝里打滑。罗宾汉下车过去，把正吉普车方向盘，开动四轮驱动，吉普车很快走出了雪窝。

我站在路面往四周望去，风卷着积雪很快把路基两旁深深的坑洼填平，一片平坦，开车稍不注意就会陷在雪窝里。难怪当地农民告诫新来的人们，雪地开车一定要沿着大路中间走。在羊场里看羊群还没结束，罗宾汉又接到小师妹求援电话，她在取信回家路上，吉普车又一次陷入雪窝，比上次陷得还深，让我们赶快开养羊场的拖拉机赶来救援。罗宾汉胸有成竹回复道：把钥匙放车上，你先徒步回家休息，我们马上赶到。

在回农庄的路途，西北风卷着雪片在路面上呼啸而过，天空和路面顿时变得迷离模糊。此时，如果有人走在野外，狂风肯定打得睁不开眼，迈不开步，这就是草原省冬季常刮的"白毛风"。风速很快，寒风入骨，通常零下二十度温度，一遇寒风就会让人的体感又加冷十度。走到离农庄几十米处，果然又看到吉普车几乎横卧路中。罗宾汉又是一通操作，吉普车重新走上路基中间，我接着把车顺利开回农庄了车库。当我们一行人回到温暖的农庄室内，吃着丰盛晚餐时，让我忽然有了一种错觉，不知道自己究竟身处何方？

"这里是天堂，这里也是地狱"，不知谁的这句话让我不禁感叹。昨夜柔美的月夜与今日凛冽的冬雪，交替演示在这片神圣天地之中。这是大自然的造化，是人类进化的推动力，美好的生命就置身于千山万水之中。

温柔月夜，用心去聆听来自空灵世界的声音，赐予力量迎接明天的太阳或风雪，生命需要用时间休养生息，沉淀所有美好。凛冽冬雪，行走在苍茫大地，人无力抵抗来自大自然的力量。让人们懂得，很多时候人类不能改变大自然的一切，唯一能改变就是人类自己。

冰雪原野的动物世界

2014 年的"情人节"前，我和两位朋友到萨省办事，也一起在天鹅农庄小住。12 号下午两点到达里贾纳机场，刚下飞机天气就给了个"下马威"，正遇上萨省冬季一场暴风雨，让我再次领略加拿大草原省冬季气候的严酷。大风卷着雪粒嗷嗷地呼啸着，雪片被吹着满天飞舞，四周白茫茫一片，莽莽雪原被白毛风吞没了。

罗宾汉到机场接应我们，顺便到超市为农庄购买食品，小师妹住在农庄大雪天出门不便，每次回去都要带去足够多的食品、水果和蔬菜。

开车回天鹅农场的路途，十米开外看不清道路，车子小心翼翼地往南行驶。车外是零下三十度低温，黑色道路就像世界的中心，在无垠的白雪皑皑原野中劈开一道黑色裂缝。茫茫雪原无边无际，黑色线条一会儿笔直，一会儿蜿蜒。红色卡车载着我们就像行驶在大海中一条船，飘飘荡荡，又坚定地一直向前。白毛风狂刮着，似乎要割断这条维系人们生命的道路，这条黑色线条，被一道道切割线呼啸而过，让人看得触目惊心。同行女友从没离开过居住的都市，更没看到过如此的荒野，不由惊叫一声：妈呀！这里太可怕了。

其实，这就是加拿大草原省冬季荒野的真实。这里曾经是夏、秋季节美丽原野，但终会有一天，它突然向人们包括所有的生灵，袒露展示出其狰狞无情一面。风雪喘息声，让傍晚的夜空好似一无所有，我们坐在车里都不再出声，默默地看着车子在风雪中突围着。此时我相信：所有生灵都会畏惧这疯狂风雪，无所不能人类也无奈大自然的肆虐。人类社会曾经生活在这样的荒野，加拿大原住民至今保留一些蛮荒时代的生活习俗。他们敬畏大自然却从来没有退缩过，从荒原走到今日，生命血脉就这样一直延续着。这就是人类精神的坚强与伟大！

不知过了多久，风雪慢慢平息下来，也许它们也累了。车内几位朋友高度紧张的神经松弛下来，暖气让大家眼皮开始打架，我不禁裹紧衣服闭目养神。到达天鹅农庄已是晚上七点多钟，饱餐一顿后大伙儿顾不得洗漱，奔波一天早早上床入睡，罗宾汉也开车回羊场住宿。

一觉醒来天已大亮，急忙穿衣起床，我来到农庄院子察看鸡舍情况。

"天鹅农庄的鸡子全让小豺狼吃光了！"前几天，当罗宾汉在电话告诉这个消息时，让我大吃一惊。那么高的铁围栏，人都爬不上去，小豺狼怎么能跳进去？罗宾汉说：前段时间雪下得太大，农庄院子积雪很厚，邻居杜因开着铲雪车来帮农庄铲除院子积雪，把雪推到了鸡舍旁边。谁也没料到，这下子竟然给鸡群带来了灾难。几天后罗宾汉去鸡舍察看，空荡荡鸡舍里只剩下一只母鸡，惊恐地站在窗台上不敢下地。十几只肥硕的公、母鸡全没了踪影，他上下左右打量，地上没留下一点鸡毛，看样子是被小豺狼叼走到野外吃掉的。三只大鹅也少了一只，像是一天一只慢慢被叼走吃光。

罗宾汉不思其解，小豺狼怎么跳入鸡舍，又怎样叼着鸡子跳出来呢？他走出鸡舍观察后突然明白了，铲雪车推起的雪堆就在鸡舍铁丝网外，豺狼沿着高高的雪堆跳入鸡舍，又沿着鸡舍放置喂兔子草垛逃走。他急忙拿起铁锹把紧挨鸡舍的雪堆铲平，从此剩下的一只鸡、二只鹅再也没有被叼走。

室外零下二十度的低温，让我从温暖室内走出就感到彻骨寒意。院子厚厚的积雪，幸亏前段时间清出了一条路，我沿着小路往鸡舍走去。鸡舍果然只剩下两只鹅在屋内墙角落站着，一幅可怜兮兮的样子。绕鸡舍四周打量留在雪地的豺狼蹄印消失在鸡舍门口。草堆里露出一个磨得光滑的洞口，那是两只兔子的窝，小师妹说白天在屋里常看到兔子外出觅食，机警的兔子躲到地洞里非常安全。牛舍二楼的鸽子家族非常兴旺，又刚刚生下几只小鸽子。高高在上的棚舍很安全，棚里留有大量瘪麦、豆子是鸽子吃不完的食物，室外白雪是喝不完的饮水。比起大雪覆盖原野的野生动物群体，这些家养动物已很幸运。

此时，院子开进来一辆绿色拖拉机，罗宾汉在铲除农庄院子积雪。方才知道，昨晚十点罗宾汉返回羊场途中，由于风雪早把路两边坑洼填平，看不清哪里是路，哪里是坑？再加上天黑，车子开出农庄不远就被陷在雪坑爬不出来。只好打电话向住在凯维尔村的杰克求援，让杰克开车把他送到羊场。今天一早又开羊场拖拉机过来，把陷在雪坑的卡车拖出来，趁机把农庄院子积雪清理一下。

生活在草原省乡村，邻里之间相互关照非常重要。特别在严寒冬季，人们遇到事情只有找邻里帮忙。当天晚上，我们就把杰克夫妇请到家里，朋友托尼（Tony）特意为这对老夫妇做了一顿地道的中国餐，吃得杰克眉开眼笑，直说：Good！。再见到我就打听托尼在哪里？看来要在萨省乡村与当地西人建立良好邻里关系，会做中国餐非常必要。中国俗话说：抓住胃就留住了心，呵呵！

与每次回农庄习惯一样，我独自绕着天鹅农庄巡视四周。脚，在雪窝上艰难地挪动，四周只有雪白一片，雪，还是雪。雪地留下的生灵痕迹，只有一串串野生动物蹄印。一只雀鸟，飞在空无一物雪地上，又踉踉跄跄飞走，也许它在饥饿中正为自己及孩子觅食。在这漫长又严寒的冬季，大自然对它们更是生存极限的挑战，觅食求生。我突然对跳入鸡舍叼走家鸡的小豺狼，多了一份怜悯和宽容，即将进入人类口中的鸡群，也许可以挽救小豺狼嗷嗷待哺的幼仔。

罗宾汉告诉我：今天清晨，当他起身往窗外羊舍张望，忽然看到两只小豺狼围着牧羊犬的料桶觅食。他明白为何近期牧羊犬食粮消耗很快，原来是天敌加入了抢食队伍。罗宾汉想购置一支猎枪，用枪声吓退来抢食或伤害羊群的小豺狼。可想而知，豺狼也是冒着生命危险求生存。冰雪原野的动物世界，一直演绎着"弱肉强食"的生存搏斗，种族群体也在"优胜劣汰"中得以延续。至高无尚的人类有资格参与动物世界博弈吗？ 这是大自然给人类一道新的挑战。

杰克夫妇

难忘，2014 年情人节

　　2014 年情人节，和几位朋友在里贾纳（Regina）度过。这是人生记忆中最快乐的情人节。我是 50 后，早过了对情人节热情的年龄，今年赶巧，和两位朋友约定去萨省时间就定在 2 月 14 号前后。在天鹅农庄住两宿后，又转宿位于里贾纳市中心的瑞迪森（Radisson）酒店。里贾纳的瑞迪森酒店装饰古典、精致，充满英伦风情和浪漫气息，在酒店过情人节其环境氛围非常贴切。

　　在农庄已约好，我们五位华人朋友一起，到瑞迪森酒店附近知名的牛排店吃西式午餐，品尝草原省鲜嫩可口烤牛排来欢度情人节。其实，我所理解的情人节早不是仅限于情侣的节日，而是友情聚会。远离故乡，移民到异国他乡生活，朋友是口头应用最广泛的词汇。

　　小师妹，在天鹅农庄居住时间最久的女人。从接收农庄至今，常是她一个人在远离村镇的农庄生活。她热情好客，诚恳待人，与居住农庄周围的邻里们相处甚欢，周围邻居都认识她而不熟悉我。当地农民都知道天鹅农庄住着两个善良友好的中国女人，有啥事也都愿意伸出援助之手，几年来多亏小师妹的陪伴，我才能够轻松地走到今天。下月她要到新地方生活了，大伙儿也是一起为她饯行。

　　罗宾汉，英文名字叫 Robin，谐音罗宾汉（传说中的绿林好汉）。他是我 2011 年在萨省购地后，第一个到农庄找我商议合作养羊的朋友，也是合作伙伴。罗宾汉不仅承担养羊场的日常管理，还是天鹅农庄大管家，小师妹随时有事都找他。2012 年冬季大雪封门，我们都回国了，天鹅农庄无人居住更需要关照，罗宾汉每周开车到农庄检查房屋暖气、供电系统是否正常。我和罗宾汉一起时，讨论最多的话题就是萨省农业，从历史、现在到未来，从种植业、养殖业到产业政策。事业成功基础莫过于有志同道合的伙伴。

托尼在国内金融界工作多年，是刚加入萨省团队的新人，其实早几年在国内就是朋友。我国内公司和家里有需要帮忙的事情，他都会热情相助。我们刚刚一同看了北极光，又赶来萨省考察：农业是否为下一轮金融投资的热点？ 茉莉是温哥华的注册会计师，移民多年的她早已融入这里的社会与生活。中加农产品贸易是近年来发展迅速的项目，加拿大拥有丰富优质农产品资源，中国拥有庞大稳定的消费市场，中加两国成为最佳的农产品贸易伙伴。

2014年情人节，五位不同年龄和性别的华人朋友，相聚在遥远的萨省省会里贾纳，大家都特别开心。不期而遇，不约而同，在异域他乡淡淡岁月里，相守着一份友情温暖。午餐结束，大家催促罗宾汉回家，分手时

欢笑

我特别叮嘱：记住给夫人送一束鲜艳的玫瑰花！果然，回到酒店刚躺下休息，就看到罗宾汉夫人在微信里发新照片，一束多彩艳丽的玫瑰花跃然纸上，其幸福和满足不言而喻。男人们！其实女人真的很容易满足，你的一点点关心和爱护，足以让女人为你和儿女辛劳付出一生，无怨无悔。

酒店窗外雪地，在阳光照耀下折射出银光闪闪，大街上川流不息的人群快乐地移动着。我默默地站在窗前，把记忆中那个曾经有过的美好约定，藏进岁月深处，只留下瞬间感动。暖暖地守候是人生最美的永恒，淡淡想念跨过矜持惆怅的边缘，最后成为心头永远不会放下的惦念，成为时光里无语的相随。我常常会从心底涌出莫名的感动，觉得人一生多么不易，应该为这些鲜活生命感到温暖，为凡间弥漫的烟火感到幸福。

傍晚七时，约好的西人朋友拉里（Larry）如期来到酒店一楼咖啡厅。拉里是我在里贾纳"国际农业博览会"认识的当地朋友，也是农业博览

会执行主席，他为人热情诚恳，与之相处甚欢。情人节的晚上，还是五个人，欢聚在音乐、红酒、烛光里。开始大家都有点矜持，不一会儿便被拉里的幽默逗得开怀大笑。一杯红酒下肚，小师妹、茱莉和我三位女士两腮绯红，拉里看到身边突然环绕了三位中国美女，更是兴奋得不知所措，让托尼拿相机拍合影照。一巡酒后，拉里又叫上香槟和情人节甜点，他是酒店的常客，值班经理亲自带美女服务生送上了美酒与祝福！

我在写作《天鹅农场的女人》，向中国读者更深入介绍萨斯喀彻温省农业状况，如实描写当地风土人情和自己做农场主的生活体验。书中用更多篇幅表达加拿大与中国两国农业的互补性，以及农产品贸易的合作共赢。邀请拉里为新书写作提建议，作为农业博览会主席，他更了解加中两国农业合作重要性。我希望通过自己的努力，让更多中国企业了解加拿大农业，也让加拿大政府官员和农民，更多地了解华人农场主的心声和期望。

为加中两国农业合作干杯！为我们的友谊干杯！为今晚快乐的情人节干杯！

不断举杯庆祝。整个瑞迪森酒店酒吧气氛都被我们用热烈调动了，惹得周围桌台男女宾客都不约而同投来热情又好奇的目光，不知道这个中西混合的情人节团队为何这么快乐？没有玫瑰花，也没有巧克力，有的是快乐幸福的感受和氛围。酒过两巡后，拉里还没有尽兴，又一次叫来香槟酒和甜点。已是晚间十点多，拉里需要开车回家不敢再喝，我也好多年没喝过这么多酒，头开始有点晕乎，和拉里约好明天再见便先后离开。小师妹、茱莉和托尼意犹未尽，继续着属于他们的快乐时光。

快乐真好！不要介意今晚的陌路相逢，让过往微风带走这一页快乐时光的记载，编制成一首永存歌谣回荡在岁月里，让人生路途中悠扬着动人旋律和美好情感。难忘，2014年情人节。

一个冬天里的童话

　　2014年冬季，加拿大草原省天气出奇地温和，也许是前两年太寒冷的缘故。已到年末岁初，只下几场小雪，当地气象部门预测的"暖冬"应验了。两个女儿同时放假又都没有安排外出活动，十分难得。家庭聚餐时她们提议：去萨省看看老妈的天鹅农庄，返程开车行走萨斯喀彻温、阿尔伯塔、不列颠哥伦比亚三省，穿越洛基山脉和班夫国家公园。不错的圣诞节旅行计划，行程安排在12月18至24日，一家人回温哥华欢度圣诞节。

　　18号下午两点从温哥华起飞，夜晚就住宿在天鹅农庄了，路途疲劳的我们一家都早早入睡。

　　19号一大早起床时，我习惯地往窗外望去。哇！窗外白桦树枝上满树银条，毛茸茸、亮晶晶的，似雪非雪，似冰非冰，是雾凇。我被窗外的景色震撼了，昨天还是秋色撩人，不料今日又变成了银装素裹的奇观，莫非还在梦幻中？我带着一丝欣喜，仓促地走了出去。来到萨省农庄居住四年了，这是第一次遇到雾凇，非常难得的冬季景色。农庄树上一串串冰霜花就像剪纸般幻化出各种形状，千姿百态演绎为花草树木和飞鸟鱼虫，真是美不胜收。这是在万木凋零冬日，大自然赐给人类的奇观，如梦如幻、如诗如画，仿佛置身于白茫茫的仙境一般。

　　雾凇俗称树挂，也叫冰花，由雾和水汽冻结而成。像霜花一样的结晶型冻结物，冬季寒冷地区天气昼夜温差大，空气湿度呈过饱和状态，由水汽直接凝华产生。雾凇结构比较疏松，风力稍大或受到一点震动就脱落，或者日出后经太阳照射也会很快融化。晶状雾凇最美丽也非常难得且容易消失，遇到了就是幸运。我回到屋里拿着相机冲到原野，要用相机记录下来这难得的冰雪美景。

雾凇一夜之间忽然而至，把整个世界装扮的银装素裹，我好像走进了童话世界。天鹅农庄和周围田野的空气中弥漫着薄雾，晨雾似乳白色的薄纱，没有一丝声息。此时正是冰封时节，那纯洁如玉的娇柔醉了一冬的风景，将田野、树木、村庄，甚至河流都柔成一片银装。

琼枝玉叶的婀娜杨柳、银花怒放的青松翠柏千姿百态，顿时让人心旷神怡，给寒冷冬季带来了无限生机。农庄屋前的草坪外面，用栏杆围起来的池塘河柳，池边的蒲草，这些树木和小草都披上了雾凇编织的白色轻纱，美不胜收，把人们带进如诗如画的雾凇世界。

我怀着愉悦的心情在雾凇中漫步，伴随那咯吱咯吱的声响。池塘边的冰封塘面上，一道道清晰可见的野生动物蹄印，有的清晰如雕刻，有的则细碎密集，在雪地里显得十分醒目。我沿池塘边走过来，在雪地里留下一排深深的脚印，回头驻足片刻，不忍心再破坏这圣洁美丽的画卷了。蹲下来仔细观察池塘边的自然景观 -- 冰霜花，雾凇在昼夜温差较大的萨省乡村可以常见，可附着在蒲草、草地，湖畔边柳树上的冰霜花，还是十分罕见。这些开在干枯花草上的冰霜花，有些象盎然怒放的白菊，美丽皎洁，晶莹剔透；有些象高原上的雪莲，纯洁淡雅，迎霜傲雪；还有气势磅礴的垂柳树挂，壮丽迷人，寓意深邃。这是大自然赋予人类的精美艺术品，好似"琼楼玉宇"，韵味浓郁。

冬日暖阳升起来了，用它温婉的身躯，轻轻地、柔和地覆盖着万物，沐浴着大地。天空逐渐放晴，沁凉寒气在阳光照射下开始悄悄地流逝。此时，湛蓝天空下土地上的冰花世界，显得更加清婉妩媚，让人的视觉有着一种虚幻般绚丽。我知道这冷艳的精彩只是瞬间美丽而已，在阳光照耀下，这些美丽的冰霜花会缓缓地消融。珍贵又何妨短暂，一曲和谐生机的旋律，将继续演绎着优雅和轻松，大自然的瞬息万变将

上：天地
下：相守

天鹅农场的女人 ▶▶

其美发挥的淋漓尽致。谁想到，下一个精彩画面会是怎样的色彩？

阳光下的大自然渐渐地恢复朝气，泥土伴随树林散发出清新、湿润的气息沁人心脾。蓝天下的旷野，色彩碧透晶莹，婉转而柔和的相互掩映着。池塘边上野草凝结的满地冰霜花，我轻轻地扒开雪层露出草根，几许颤抖的嫩绿色在雪中挣扎，或许它们想和冬雪寒冷来一场生命力角逐，或许它们故意探出头来欣赏这难得的雾凇美景。我被眼前的画面打动了，小草被无情地掩盖在雪地里，但它仍然顽强地向大自然呈现着美丽本色。蓝天下的圣洁，就是最美的动感，最美的生命力！

中国有"隆冬树挂连，明年是丰年"的谚语，我等农民最盼望来年的五谷丰登。中午带着女儿来到凯维尔村，拜访了杰克夫妇、邮局大妈，为他们送上圣诞节的礼物，感谢一年来他们给予我的帮助！忘不掉在严寒来临的季节，我还在外奔波时杰克辗转打来电话，提醒关注农庄的暖气系统以免冻坏。邮局大妈把我送她的中文年历挂在邮局墙上，向过往的当地农民讲述华人农场主艰难又快乐的创业故事。他们早就把我当作一家人了！杰克家的红色屋顶在银色世界里耀眼夺目，大树枝头上的雾凇，呈现出一片极致的纯白眸光。

我伸出双手，待霜雪花一片一片落至手心，慢慢融化成水滴滑落指缝。那雾凇、那景观、阳光蓝天、还有那些人，都牵引出心中那抹愉悦之情。我醉在这冰清玉洁的情怀，醉在天地合一的纯美世界里。我蹲下身来深深吸一口泥土的味道，其实也是生命的味道！人类和自然界的所有生灵，都奔走在大地上，耕作在土地上，生息繁衍。

快乐痛苦也都在这块土地上，土地就是人们生命源泉，百年过后，入土为安。

冻果

农家后院

上：灌溉设备
下：童话世界

后记　守望家园

我的家园

　　《天鹅农场的女人》初稿完成，可华人农场主的故事没有结束。

　　华人在加拿大做农场主，不是一件轻松事情。我在书中已经提到，不仅仅是买了土地就万事大吉，接踵而来要做许多农场主应该做的事情。

　　远离城市，寂寞的乡村生活只是开始，喜欢宁静或者住下来，习惯了就不以为然。萨省漫长的冬季，酷寒加上冷冽北风，在普世界认为的恶劣气候条件下生活实在不易。

　　2013年冬季至2014年春季，萨省遭遇了35年不遇的严寒，天鹅农场挂在窗外的气温计直逼零下三十多度。天鹅农场位置在紧挨美国蒙大纳州和北达科他州的加拿大萨斯喀彻温省南部，萨省省会里贾纳气温已降至零下四十多度，再加上刺骨北风，让人感受到更加寒冷。来自北极的冷空气长驱直入横扫萨斯喀彻温省，整个冬季无论走到哪里，我几乎每天都

看气温预报，在心里祈祷：我的农庄、羊群能够平安度过这个严酷的冬季。

这是一份溶于骨髓的惦记，做农场主的责任，家园是人生最终的记忆。

萨省原野，风轻轻吹过，春季，我一个人悄悄地回到了久别的农庄。

映入眼帘第一眼，是盛开的蒲公英花朵在农庄院落里铺陈开来，黄色的花瓣，浅绿的花茎，在一片一片翠色欲滴墨绿色叶子怀抱里，幸福地绽放着。当看到我发在微信里的照片，朋友们齐声赞叹：美。上海小妹妹好奇地问到：是姐姐栽种的鲜花么？野花无需栽种，你可以蹲下来仔细体味蒲公英的生长，它在风中轻轻地摇曳着，用那鲜活的绿叶黄花昭示着生命喷薄，舞动着对生活的热爱。它载满着去冬今春岁月沧桑记忆静静地舒展瓣片，用简单音符无序呢喃着真实的自我。清晨，我沿着农庄四周的田间、水塘静走，任温暖阳光撒落在身上，穿过防护林间的枝枝叶叶。尽情地嗅着阵阵芳香和着泥土的气息，细心感受遍野蒲公英黄花的独特韵味，去赴一段心灵之约。透悟岁月繁盛的花语，一份宁静、一份浪漫、一份惬意，还有一份淡淡遐想在这繁花似锦的旷野里绵延、伸展。让人体会到一种超乎自然的神韵，聆听岁月走过的声音，沉淀一份心性来感悟生活，感悟生命。

最好的心态是平静，最好的状态是简单，最有意义人生是做自己喜欢的事。在泥土家园里过着简单朴质的农妇生活，始于此，终于此。

天鹅农场的土地，天鹅农庄的房舍，此时混合掺杂清晨湿润的空气，在加拿大萨斯喀彻温的天然立体画框里展示着。沿着这片大地走来，一眼望去，仿佛这里的所有都被唤醒了生命色彩。我不知该如何去形容眼前这番景色，那是一种穿透灵魂的震撼，直达内心深处，甚至找不到一个词语可以完整描述它。我想，大概这就是鲜活生命的独特之处吧！大自然以超脱世俗的魅力，向人类展示了一种希望的光芒。

　　根在泥土，总习惯回顾、思念那片生养自己的黄土地，想念那里的乡情、乡音，也融入了我的乡愁。人生是一场旅行，不管旅程多么遥远，都要给心灵留一个港湾，别忘了回家的归途！

人类家园

　　最喜欢看的一部纪录片《家园》。

　　这部纪录片开头，旁白者定位于地球母亲："请听我说，你跟我一样，是智人。是一个有智慧的人。生命是宇宙的奇迹，出现于约四十万亿年前，而我们人类只有二十万年的历史，但是生命却破坏了，地球生命赖以生存的平衡。请细听这个不寻常的故事，你的故事，然后决定你应该做些什么。"

　　接着，影片又以上帝的俯瞰视角，向世人展示了她是如何创造出了这绝美的蓝色星球。她却又看着人类一点点将其毁灭，将人类自己也一步步送进坟墓。上帝将毒害大气层的碳囚禁在地壳，而人类却又亲手打开潘多拉盒子，让它来毒害自己的肺，但这仿佛还不够，人类还要制造出农药，聚乙烯来加速自己的灭亡。

狂热的科学家、军事家、政治家们或是对于数字感兴趣的人很多，可是他们却没有注意到这样一组数据，以现在的增长速度，本世纪人口总数将达到90亿；全球花在军备上的资金是援助发展中国家的12倍；每天有5000人因引用受污染的水而死亡；十亿人在饥饿边缘挣扎，而全球一半谷物用以喂养牲口或作饲料。每年有一千三百万公顷森林消失，到2050年全球将至少有两亿五千万气候难民。

作为一个普通民众的我们应该怎么做？

守望好地球家园使我们每一个地球公民应尽的职责。

"We all have power to change ,what are we waiting for"

（地球很美，但有赖于你。）

2015 年元旦

萨省70#社区主任杰克、玛丽亚夫妇感言

　　We live in Kayville, a beautiful small town near Regina, the capital of Saskatchewan, Canada. Kayville is afarming community, encircled by vastpeaceful farmland and lakes, which are also home to different wildlife such as deer, fox, moose, rabbit and all kind of birds. Our community has functional entire infrastructure in place for the convenience of domestic life. We also have a community hall and an indoor swimming pool for the entertainment of local residents.

　　Xiaoming Zhu has been part of this community for 3 yearsever since she purchased lots of farmland and residential lots in Kayville. She improved the beauty of the townby knocking down old houses and cleaning up the yard.We appreciate her effort and contribution. She has a vision for our town and as local people we would like to see her succeed. Her vision is to have more peoplefrom Chinabecome to knowthis wondrous land and to start farming business, build new houses, or establish hobby farms here.As agricultural resources are abundant, the opportunities here are unlimited. We sincerely invite Chinese hardworking friendsto come and invest in Kayville area, making our community as your second hometown.

Jack and Maria Snell

　　我们住在离加拿大萨省首府里贾纳不远的凯维尔小镇上。这是一个农业小区，周围是广袤宁静的农田和湖泊，也是鹿、狐狸、驼鹿、野兔和各种鸟类等野生动物的家园。我们社区有功能完好的各类基础设施，为家庭生活提供便利服务。我们还有一个社区中心和室内游泳池以供当地居民的娱乐需求。

　　朱晓鸣女士三年前在我们这里买了很多农地和宅基地之后就积极参与我们的社区活动。她推倒破烂不堪的房子，清理荒芜难看的院子，让我们小镇变得更美丽。我们很感激她的努力和带给小镇的变化。她对凯维尔有个愿景：通过她的努力，让更多中国人了解这片神奇的土地并在此投资农耕、盖新房子或建立休闲农庄。作为当地居民，我们希望她能够成功。由于丰富的农业资源，这里有着无穷无尽的发展机会。我们真诚地邀请勤劳友善的中国朋友到这里投资，把我们社区当作你们的第二故乡。

杰克和玛丽亚